新潮文庫

無事、これ名馬

宇江佐真理著

目次

無事、これ名馬

好きよ　たろちゃん

一

朝飯《あさめし》を終えた吉蔵《きちぞう》の家では女房のお春と娘のお栄《えい》が台所で月見の仕度をしていた。

陰暦八月十五日は仲秋の名月で、どこの家でも秋の草花を飾り、月見団子を供える。

大伝馬町《おおでんまちよう》二丁目にある鳶《とび》職の吉蔵の家でも、それは同じだった。いや、吉蔵は季節ごとの行事は言うに及ばず、朝夕、神棚に向かって掌《て》を打ち、また、仏壇に灯明《とうみよう》をともして先祖の霊を慰めることも欠かさない。日々の平安は神仏の加護だと吉蔵は心から信じていた。信心深い吉蔵に嫁いだ女房のお春もそれに倣《なら》い、先祖代々の仏の世話から季節ごとの仕来たりまで律儀にこなしていた。

台所の水桶《みずおけ》に入っているすすきやたでの花を見て、吉蔵はもう秋なのだなあとしみじみ思った。普段は町内の用事で忙しく動き回っているので、吉蔵は季節の変化をあまり意識することがない。暑いなと思えば夏で、寒いなと思えば冬だ。大ざっぱな性格をお春とお栄は笑う。

外から近所の女房達が「今夜はいいお月見ができそうですね」と、挨拶《あいさつ》代りに話し合う声を聞きながら、吉蔵は狭い庭の見える縁側に座って食後の茶をゆっくりと飲んでいた。庭には季節の草花の他に、樹齢四十年を数える松や楓《かえで》、小さな実をつける柿の樹《き》などが植わっている。雀やひよどりがやって来て賑《にぎ》やかな鳴き声を立てる。それを聞くのも吉蔵の楽しみだった。

しかし、その日の吉蔵は庭を眺めていても、脳裏には昨夜の火事の様子が映っていた。火事が起きると三日ほどは目の前に火の色がちらついて離れなかった。

吉蔵は町火消「は組」の頭取《かしらどり》でもある。

「は組」は大伝馬町、亀井町、難波《なにわ》町、堺《さかい》町、小網《こあみ》町、小舟《こぶな》町等、四十六町半を受け持つ組で、火消人足は五百九十七名を数える。それは三河町、鎌倉町等、神田一帯を受け持つ「よ組」の七百二十名に次ぐ大きな規模のものだった。

町火消制度は享保《きょうほう》三年（一七一八）に時の南町奉行、大岡越前守忠相《えちぜんのかみただすけ》によって創設され、二年後の享保五年には、いろは四十八組が編成された。さらにこの四十八組は一番から十番までの大組に分けられている。

「は組」は一番組で、一番組には他に「い組」「よ組」「に組」「万組」がある。

いろは四十八組は大川を境とした西側の区域で、東側の本所、深川は別に十六組に編成されている。

いろは組と言っても「へ」「ら」「ひ」「ん」の四文字は遣われていない。「へ」は屁《へ》に「ひ」は火に通じると避けられたのだ。

ついでに「ら」は螺《ら》に通じ、これは渦巻状の貝殻を持つ貝類の総称で、貝は女性器にたとえられるので避けられたのだろう。「ん」はずばり語呂《ごろ》の悪さによるものである。「へ組」は「百組」に、「ら組」は「千組」、「ひ組」は「万組」、「ん組」は「本組」にそれぞれ変えられた。

火消には頭取、小頭《こがしら》、纏持《まといも》ち、梯子持《はしごも》ち、平人《ひらびと》（鳶口《とびぐち》）、人足《にんそく》（土手組《どてぐみ》）の階級がある。この内、人足は火消の数にも入らない者達で、その上の平人が直接火掛りをするのである。平人が町火消の本来の姿と言っても過言ではないだろう。

吉蔵は「は組」の頭取だが、実は頭取が他に二人いた。お職《しょく》、顔役と呼ばれている金次郎《かねじろう》は三十五歳の男盛りで、吉蔵の甥《おい》に当たる男だった。その父親、つまり吉蔵の姉の連れ合いの金八《きんぱち》も、もう一人の頭取だが、還暦を過ぎてから、さほどの働きはできない。もっとも吉蔵も五十五歳になっているので、今ではほとんど金次郎に采配《さいはい》を任せているようなところがあった。

それでも吉蔵は、町内はもちろん、他の地域の人々にもその顔を広く知られていて、道を歩けば下にも置かない様子で挨拶される。長いこと町火消の御用を勤めてきた賜物である。火消といえば江戸の男の代表のように人々はもてはやした。

確かに気概と度胸がよくなければ火消は勤まらないものだが、町火消を引き受ける家に生まれ、自然に跡を継いだ吉蔵には、時々、その任が重く感じられて仕方がなかった。

昔のことを知っている年寄り連中が、先代は度胸があったとか、先々代はそれ以上だったと話す度、今の自分は少々だらしがないと言われているようで気が引けた。できれば火消の御用なんぞはうっちゃってしまいたいのが正直な気持ちだった。火事で家を焼かれ、路頭に迷う人々を見る度、吉蔵の気持ちは滅入る。何十年経《た》ってもその気持ちに変わりはなかった。

世間様は月見で浮かれているというのに昨夜の火事で焼け出された連中は、すすきも団子もなしで今夜の月を侘《わび》しく眺めるのだ。

何んだって月見の前の晩に火事なんて出すのかと、腹立たしい気持ちにもなる。

来年も再来年も、月見が来る度に、ああ、火事が起きたのは、この前の晩だったなあと覚え続ける羽目となる。

「火事は江戸の華《はな》」などと、ふざけたことを言ったのは、どこのどいつだろうか。

燃え盛る火の色を眺めて喜んでいる野次馬達にも吉蔵の肝は焼ける。手前ェに関わりがなければ、火事も退屈な毎日の恰好《かっこう》の余興なのだ。

昨夜、家を焼かれた女房が腰を抜かして歩けなくなったのを吉蔵は見ている。まだ三十五、六の中年増《ちゅうどしま》だった。年寄りでもあるまいし、腰を抜かすとはだらしないが、それにしても傍《そば》で大口開けて笑うことではない。

「おきゃあがれ！」と一喝したが、野次馬の若い男は悪びれたふうもなかった。

吉蔵が腹を立てているのはそればかりではなかった。昨夜、ジャンと半鐘が鳴った時、女婿《むすめむこ》の由五郎《ゆうごろう》は「親父、邪魔だ」と、汁椀《しるわん》に屈《かが》み込んでいた吉蔵の前をぐっと跨《また》いだのだ。

その拍子に吉蔵は汁椀を取り落とし、火事場の水を被《かぶ》る前にみそ汁を浴びてしまった。

「何しやがる」と怒鳴った声は、由五郎がお栄に仕度を急《せ》かす荒い言葉でかき消された。

「は組」の纏持ちをしている由五郎は、いち早く火事場の消口《けしぐち》（消火の権利）を取らねばならぬと必死だった。

「お前さん！」

お春が汁まみれの吉蔵にお構いなしに刺子半纏《さしこばんてん》を羽織らせる。三歳の孫のおくみは殺気立った家族の様子に脅《おび》えて泣き出す。お春は「おう、よしよし」と宥《なだ》めたが、お栄は全く頓着《とんちゃく》せず、由五郎の世話で脇目《わきめ》も振らない。女と生まれなければ自分もいさんで火事場に駆けつけたい気持ちでいる娘だった。

お栄は一人娘だったので五年前に由五郎が婿入りしておくみが生まれている。吉蔵が隠居した暁には、由五郎が頭取になることは約束されているようなものだ。

だが、命知らずの由五郎に吉蔵は、はらはらさせられることが多い。まだまだ由五郎の勝手にさせる気はなかった。

名主と、自身番に詰めている大家が身拵《みごしら》えして吉蔵を迎えに来て、吉蔵も刺子半纏、猫頭巾《ねこずきん》、手には鳶口を持って近所の空地に向かった。空地は自身番のすぐ横にあるもので、「は組」の連中はそこで待機することになっている。出動は小立《こだ》ちと言った。

空地には揃《そろ》いの火事装束に身を固めた「は組」の連中が全身に水を被って雁首《がんくび》を並べ、景気づけの木遣《きや》りを唸《うな》る。近所の蓮《はす》っ葉《ぱ》女どもがキャアキャアと殺伐な声を上げて、それにも吉蔵はうんざりした。

「さあ、行くよ。皆、存分に働いておくれ」

名主が呑気《のんき》に聞こえる気勢を上げると、この時ばかりは「は組」の連中も「おう」

と、野太い声で応《こた》えた。

野袴《のばかま》に火事羽織、兜頭巾《かぶと》の名主が先頭に立ち、その後ろは「は組」の半纏、紺股引《ももひ》きの大家、そして、違《ちが》い重ね源氏車《げんじぐるま》四方《よも》の纏、梯子、刺又《さすまた》、鳶口を持った組の者が一斉に続く。

「は組」の先頭は金次郎だ。すぐ後ろを吉蔵が遅れてはならじと追い掛けるが、水を被った火事装束は何しろ十貫目（三十七・五キロ）という重さである。五十五歳の吉蔵には、少々どころではなくこたえた。義兄の金八はさらに往生している様子で、人足の若い者につき添われて最後尾からよろよろとついてきた。金次郎に家にいろと言われても、じっとしていられないのだ。金八は龍吐水《りゅうどすい》をのせた大八車と玄蕃桶《げんばおけ》を担《かつ》いだ平人に容易に追い越された。

龍吐水は、火事場ではさして役に立たない。せいぜいが纏持ちに水を掛けるぐらいのものだ。

火元から風下に当たる家を次々と壊して延焼を喰い止めるのが町火消のやり方だった。ただ、これが思案のしどころで、いつ壊すかが問題となる。延焼を喰い止めるといっても、家を壊されては、所帯主にとっては燃えたと同じことになるからだ。

昨夜は幸い風がなかった。火元は松島町《まつしまちょう》の裏店《うらだな》だった。相当に古い建物で、まるで付け木のようにあっさりと燃えたが、吉蔵は表店を壊さなくても何んとかできると踏んで、金次郎と相談の上、表店の方には手を出させなかった。由五郎にはそれもおもしろくなかったらしい。由五郎は派手に働いて「は組」の名前を上げたかったのだ。

裏店の火事は独り者の男が昼酒をかっ喰らって、煙管《きせる》の始末をつけずに眠り込んだせいらしい。その男は可《か》哀想《わいそう》に煙に巻かれて命を落としている。焼け出された住人達は怒りのやり場がなく、ただわが身の不幸を嘆くより仕方がなかった。

二

由五郎は朝飯を済ませると若い者を引き連れて火事場の様子を見に行った。後で吉蔵も顔を出すつもりだが、昨夜はけりをつけるのが遅かったせいで今朝は身体にもう一つ、力が入らない。もう年だとつくづく思う。吉蔵は最近、とみに老いを意識するようにもなった。

土間口から子供の声がしたと思った。お栄が出て行って取り次いでいる。ほどなく、含み笑いを堪《こら》えるような顔で「お父っつぁん、お客様」と、お栄は縁側の吉蔵に告げた。

「誰でェ」

吉蔵は、女にしては背丈のある娘を見上げて訊《き》く。

「松島町のお武家の坊ちゃんだそうだ。お父っつぁんに折り入って話があるそうだよ」

松島町は昨夜火事のあった所で、そこは「は組」の持ち場であるが、武家の息子に特に知り合いはなかった。

怪訝《けげん》な顔で「そいじゃ、ま、上がって貰《もら》いな」と言った。

吉蔵は火消や鳶職の仕事ばかりでなく、普段は町内の揉《も》め事も色々と引き受けている。だが、これまで子供から相談事を持ち込まれたことはなかった。

お栄に促されて遠慮がちに現れた子供は孫のおくみより幾つか年上の男の子だった。

おくみはお栄の後ろから興味深そうに男の子を見つめていた。

「お忙しいところ恐縮至極にございまする。拙者、松島町の村椿太郎左衛門《むらつばきたろうざえもん》と申しまする。以後、お見知り置きを」

「はあはあ」

吉蔵は子供が大人顔負けの立派な挨拶をしたことに面喰らった。その挨拶通り、村椿太郎左衛門は子供にしてはしっかりとした顔つきをしている。だが、声は優しく、言葉尻《じり》にため息が混じったように聞こえるのが気になった。藍木綿《あいもめん》の着物に小倉《こくら》の袴という身なりで、こざっぱりしている。近所の餓鬼どものように垢《あか》じみてはいない。

「あっしに何かご用ですかい」

「昨夜、八兵衛《はちべえ》長屋の火事で頭のご尊顔を拝しました」

「…………」

顔を見たと平たく言えばいいのに、尊顔を拝するとは、いかにも武家の子供である。

「それで？」

正座して、膝《ひざ》の上にきちんと両手をのせている太郎左衛門に吉蔵は話の続きを急かした。

「頭、拙者を男にして下さい」

切羽詰まった声もため息混じりで、吉蔵は胸をくすぐられるような気分だった。

「男にしてくれったって、お前さんはまだ子供だ。これから色々と修業を積めば、きっと一廉《ひとかど》の男になりまさあ。あせることはござんせんよ」

吉蔵は柔らかく太郎左衛門を宥めた。

「いえ、拙者は臆病《おくびょう》者で、母上は先が思いやられると嘆息されます。今からしっかりしなければ腑《ふ》抜《ぬ》けになると言われました」

武家の奥方にも勇ましいのがいるものだと吉蔵は内心で独りごちた。

「坊ちゃん、よくいらしておくんなさいましたねえ。さあさ、お団子を召し上がって下さいまし。今夜はお月見でござんすから、ちょいとお団子を拵えたんでござんすよ。ほんのお口汚しですからご遠慮なく。おぶうは熱いですから気をつけてお飲みになって下さいまし」

お栄が盆に団子と茶をのせて来て太郎左衛門に勧めた。

「おかみさん、雑作《ぞうさ》をお掛け致します」

太郎左衛門は恐縮して頭を下げた。

「まあまあ、立派なご挨拶ですねえ。あたしは今まで、坊ちゃんのような年頃の子がそんな立派なご挨拶をするのを聞いたことがありませんよ。坊ちゃんは幾つにおなりですか？」

「当年で七歳になりました。手習いと剣術の稽古《けいこ》をしておりますが、どちらも芳《かんば》しくございませぬ」

「あらあら、ご自分からそうおっしゃっちゃ、身も蓋《ふた》もありませんよ」

「でも、本当のことです。このままでは拙者の家は、また小普請組《こぶしんぐみ》に落とされるやも知れませぬ。そのようなことになったらご先祖様に申し訳が立ちませぬ。それで頭に男の道をご教示願いたく参上した次第にございまする」

「男の道ねえ……」

お栄は感心したような呆《あき》れたような顔になり、そっと吉蔵を見た。

「どうする、お父っつぁん」

「どうするったって、どうしようもねェじゃねェか。男の道なんざ、おれでもわからねェ」

そう言うと、お栄はぷッと小さく噴《ふ》いた。

「どうして坊ちゃんは男の道をうちのお父っつぁんに教わろうという気になったんですか」

お栄は真顔になって太郎左衛門に訊いた。

「昨夜の火事で頭が火消人足に指図する様子はご立派でした。母上が火消の頭は並の心持ちでは勤まらないから、あなたも頭の爪《つめ》の垢でも煎《せん》じてお飲みなさいと言われました。拙者は……爪の垢は飲みたくありませんが、頭から色々と男の道を教わりたいという気持ちになりました」

太郎左衛門は、やけに男の道にこだわっていた。

「それで、本日は母上様にお断りして出て来なすったんですか」

しっかりしているといっても、子供の一人歩きをお栄は心配していた。

「いえ、拙者の一存で参りました」

お栄は吉蔵と顔を見合わせた。

「そのう、坊ちゃんの男の道とは、いってェどういうものになるんですかい」

吉蔵は試しに訊く。

「夜は一人で厠《かわや》に行けること、青菜を嫌がらずに食べること、道場の試合に負けても泣かないこと……」

太郎左衛門が天井を見上げて、一つ一つ思い出すように並べると、吉蔵の喉《のど》からぐ、ふッと咳《せ》き込むような苦笑が洩《も》れた。お栄がきゅっと睨《にら》んだ。

「厠や青菜はともかく、やっとうの試合に負けて泣くのは困りますねえ。坊ちゃんは男の子なんですから」

お栄は眉根《まゆね》を寄せて困り顔をした。吉蔵は厠へ一人で行くことの方が大事じゃないかと思ったが、それは口にしなかった。お栄は女々《めめ》しい男を何より嫌う。由五郎の無駄な男気も半分はお栄がけしかけてでき上がったようなものだ。

「はい。それは、よっくわかっております。しかし拙者、一生懸命我慢しても涙が勝手に出てしまうのです」

そう言いながら、太郎左衛門は早くも涙目になっている。

お栄が太郎左衛門の涙に貰い泣きした様子で、そっと前垂れで眼を拭《ぬぐ》った。

「お父っつぁん、坊ちゃんのために何んとかしてやって」

お栄はしおらしく言う。

「そうは言っても、お前ェ……」

吉蔵はお栄と太郎左衛門の顔を交互に見ながら困惑した。いつもなら、こんなつまらない相談事はうまくお栄がいなしてくれていたのだ。

吉蔵は一つ空咳《からせき》をして口を開いた。

「坊ちゃんに見込まれたのは心底、ありがてェと思いやす。ですがね、あっしは学問もねェし、坊ちゃんを男にして差し上げる器量はござんせん。火事場で組の者にあれこれ指図していたのは、ありゃあ、仕事の内ってもんです。坊ちゃんが火消の仕事を覚えたところで仕方がねェでしょう」

何んとかおとなしく帰って貰おうと吉蔵は懇々と太郎左衛門を諭した。だが、太郎左衛門はしぶとく喰い下がった。

「そんなことはありません。父上は世の中のことに無駄なことはないから、どんなことでも覚えればためになると言われました」

「ほう、偉いお父上様でござんすね。松島町の村椿様というと……」

吉蔵は心当たりのある武家の顔をあれこれと思い浮かべてみた。すると、ぎょろりとした眼の分別臭い男がふっと大写しになった。

「目玉の村椿様でございやすか？　確か湯島の難しい試験を合格されて、今は千代田のお城でお役人を務められているという……」

目玉などと余計なことを言ったので、お栄は吉蔵の肘《ひじ》を邪険に突いた。太郎左衛門の父親は、一度会ったら二度とは忘れられない顔である。太郎左衛門は母親似なのだろう。さほど大きな眼をしていなかった。

「はい。父上は幕府の表御祐筆役《おもてごゆうひつやく》を仰《おお》せつかっております」

太郎左衛門はその時だけ誇らし気な表情になった。

「そうそう、そうでしたね。お若い頃は両国の広小路で代書屋をなすっておりやした。まあ、内職のおつもりでしたんでしょう。なかなか気さくなお人だ。そうですかい、あの村椿様の坊ちゃんですかい」

言いながら、吉蔵はしみじみと太郎左衛門の顔を眺めた。ついこの間、祝言《しゅうげん》を挙げたと思ったら、もうこんな一丁前の口を利《き》く息子を拵《こしら》えている。月日の経《た》つのは早いものだと吉蔵は思う。

「まあ、そういうことでしたら、むげに断るつもりもござんせんが、坊ちゃんにどんなふうに男の道をお教えしたらいいのか、一つ、その偉いお父上様にご相談なさって下さいやし。話はそれからに致しやしょう」

吉蔵は何んとかうまくまとめた。

「わかりました。今夜、父上と相談致します」

太郎左衛門は物分かりよく応えて団子の皿に手を伸ばした。ひと口食べて無邪気な笑顔を見せた。

「おかみさん、このお団子はおいしいですね。うちのお祖母《ばば》様のお団子もおいしいですけれど、これはそれ以上です」

「まあ、そうですか。それはおかたじけでござんすねえ」

お栄は嬉《うれ》しそうに声を弾ませた。

「それで、あのう……」

太郎左衛門がまた泣きそうな顔になったので、お栄は唐突に笑顔を引っ込めた。

「な、何か……」

「恐縮でございますが、このお団子を妹と弟にも食べさせたいので、残りを包んでいただけませんか」

「あ、ああ、そういうことならお易《やす》い御用ですよ」

お栄はほっとした様子である。二人のやり取りを見ていた吉蔵も安心した。

「坊ちゃんはお兄さんなんですね。それじゃ、なおさらしっかりしなけりゃいけませんねえ」

お栄は竹の皮を持ってきて、皿の団子を包みながら言う。

「はい。妹の雪乃《ゆきの》も弟の大次郎《だいじろう》も拙者を慕っております。このお団子をお土産にしたら、きっと、好きよたろちゃんと言って、拙者のほっぺにぷうをするでしょう」

「ぷう！」

吉蔵は愉快そうに笑った。

「妹さんはお幾つですか」

お栄は団子の包みを太郎左衛門の膝の前に差し出して訊く。人の年齢を知りたがる女である。たまに吉蔵と同い年で、やけに若く見える男に出くわすと大袈裟《おおげさ》に驚く。だから何んなんだ。若く見えようが老《ふ》けて見えようが、四十は四十、五十は五十だ。年におまけがあるものではない。

「雪乃は四歳で大次郎は二歳です」

「あらあら、母上様はお子達のお世話で大変でございましょうねえ」

「はい。ですから始終、癇《かん》を立てられます。拙者が粗相を致しますとデコピンされます」

「デコピンってか？」

それも自分の家ではついぞ聞かない言い回しである。吉蔵は太郎左衛門から目が離せなかった。

「拙者は……あのデコピンが辛《つら》いのです」

額を指で弾《はじ》くお仕置きだろう。太郎左衛門の母親は子供に加減してそうしているのだろうが、デコピンには底意地の悪さが感じられた。どうせなら拳骨《げんこつ》をガンと一発お見舞した方が、後がさっぱりするのにと吉蔵は思う。

お栄はひと筋縄ではいかない娘だった。拳骨などは屁《へ》とも思わない。業を煮やしてお栄の髪の毛を摑《つか》んで引き摺《ず》り回したこともある。

あれは、金次郎と一緒になることを反対した時だった。お栄は吉蔵にそうされながらも怯《ひる》むことなく「殺せ、殺せ」とわめいた。

もしも目の前の太郎左衛門のように切羽詰まった眼で縋《すが》られたら吉蔵は自分の意地を通し切れただろうか。

いとこ同士だから反対したのではなかった。またお栄が一人娘だからでもなかった。

金次郎と理《わり》ない仲になった娘に子ができたためだ。吉蔵はその子のためにお栄に無理矢理諦《あきら》めさせたのだ。あの後、お栄は一つ年下の由五郎と慌《あわ》ただしく祝言を挙げた。

「デコピンされないようにいい子でいて下さいましね」

お栄は太郎左衛門を励ますように言った。

太郎左衛門は「頭、お邪魔致しました。また参ります」と、丁寧に頭を下げて帰って行った。

「あの坊ちゃん、妹からも軽く見られているようだ」

お栄は太郎左衛門の湯呑《ゆのみ》を片づけながら独り言のように呟《つぶや》いた。

「何んでよ」

「だってさあ、お武家の娘なら兄さんのことは兄上とかお兄様とか言うじゃないか。それをたろちゃんだって」

「………」

「好きよ、たろちゃんと言われて、ほっぺたにぷうされて喜んでいるようじゃ、先が思いやられるよ」

「なあに。でかくなりゃ、人に言われなくてもそれなりの物言いになるもんだ」

「おやあ？」

お栄は悪戯《いたずら》っぽい表情になった。

「もはやほだされたのかえ？ まあ無理もないよ。あたしだってあの顔とあの声にいちころになったもの。あんな息子がほしいねえ」

「そいじゃ、ま、がんばりな」

吉蔵が何気なく言うと、お栄は、むっと頬を膨らませた。

「いけすかない。実の娘に向かって言う言葉かえ？ ああ肝が焼ける」

お栄はぷりぷりして台所に引き上げた。おくみ一人だけじゃ寂しいから、もう一人子を作れと言ったことがそれほどいけすかないことだろうか。

「何言ってやがんでェ」

吉蔵は台所に聞こえないようにそっと悪態をついた。

三

金次郎が大伝馬町で酒屋を営んでいる平吉《へいきち》を伴って吉蔵の家を訪れたのはその日の午後だった。金次郎は火事場を覗《のぞ》いた後で平吉の店に寄ったようだ。前々から平吉が金次郎に相談を持ち掛けていた様子でもあった。

埒《らち》が明かないので吉蔵の所へやって来たのだろう。

火事の後には「一番組は組」と書かれた火消札を竹竿《たけざお》に吊《つる》して軒先や屋根に下げることになっていた。

それは組の手柄の証《あかし》でもある。火消札を下げ、木遣《きや》りを唸《うな》りながら戻る時が火消にとってはこたえられない。その時、皆、刺子《さしこ》半纏《ばんてん》を裏返して羽織る。裏は牡丹《ぼたん》唐獅子《からじし》などの派手な柄だ。昨夜の金次郎は吉蔵でもほれぼれするほどの男ぶりに見えた。普段は気に喰わない由五郎でさえ、鬢《びん》のほつれ毛が額に掛かり、滅法界もなくいい顔をしていた。しかし、そんなことを二人に言えばのぼせるので吉蔵は黙っている。

「叔父貴《おじき》、ちょいと話を聞いてくんな」

金次郎は自分の家のように気軽な調子で入って来ると、吉蔵の前にどかっと胡座《あぐら》をかいた。六尺近い大男の金次郎と並ぶと酒屋の平吉はずいぶん華奢《きゃしゃ》に見える。

「火事場の後は大丈夫か」

吉蔵は平吉の話を聞く前に気になっていることを確かめた。

「ああ、そいつは問題《せ》ねェ。長屋の人は、皆、親戚《しんせき》や知り合いを頼って落ち着いたようだ。後は大工を急かして早く新しい塒《ねぐら》をおっ建てて貰《もら》うだけよ」

「んだな。あの独り者の男が焼け死んだのは気の毒だったが」

「なあに。生き恥を晒《さら》すよりよっぽどましってもんだ。長屋の連中も奴が死んで、いっそ諦めもついただろう」

金次郎は吉蔵の胸がひやりとすることを事もなげに言う。

「手前ェ、そんなこと他の組の耳に入ってみろ。てェへんなことになるぜ。助けられなくて死人《しびと》を出したのは、は組の恥だ」

吉蔵はやや声を荒らげた。金次郎は口が過ぎたと気づいて首を縮めた。

平吉は取り繕うように吉蔵の前に膝《ひざ》を進めて口を開いた。

「お疲れのところあいすみません。頭、どうかわたしの相談にのって下さい。お願い致します」

深々と頭を下げた。

「いってェ、どうしなすった」

吉蔵も平吉の細面に向き直った。平吉は三浦屋という酒屋の跡取りで、親から店を任されて三年ほどにしかならない。嫁を迎えたのも去年のことだった。父親は店を平吉に任せてから一切口出しせず、俳句の会に顔を出したり、芝居に行ったり、親しい友人達とお伊勢参りや大山詣《おおやまもうで》に出向いている。今までさんざん働いてきたから、これからはせいぜい好きなことをさせて貰うということらしい。この頃は滅多に店で見掛けることもなかった。吉蔵も早くそんな身分になりたいものだと思う。

平吉は着物の上に羽織を重ねたきちんとした恰好《かっこう》だった。

「はい、あのう……」

意気込んで来たものの、どう話をしてよいか迷っている様子で平吉は口ごもった。

「お栄、茶を出してくんな」

金次郎は当たり前のような顔で台所に声を張り上げた。

「あい」

お栄はぶっきらぼうに応《こた》える。由五郎と一緒になってから、お栄の金次郎に対する態度はよそよそしい。それに比べ、金次郎は昔のままだ。それが吉蔵には居心地が悪い。

「金次郎じゃ間に合わねェことですかい」

吉蔵は平吉に話を急《せ》かした。

「叔父貴、おいらにゃさっぱり訳がわからねェのよ。もっとも、おなごの気持ちは最《は》初《な》っからおいらにゃ謎《なぞ》だ。なあ、お栄」

金次郎は茶を運んで来たお栄に冗談めかして言う。お栄は金次郎をじろりと睨《にら》んだだけで返事をしなかった。

「するってェと、相談事はお前さんのことではなく……」

吉蔵は平吉の女房のことかと察した。平吉の母親は数年前に亡《な》くなっている。店にいる女は女中と女房だけだ。他には番頭と手代、小僧がいて店を守り立てている。三浦屋は地道に商いをしている店だった。

「はい。身内の恥を晒すようで気の重いことですが、手前の女房のことなんです」

平吉は暗い表情だった。一緒になって間もないのに、早くも女房は他の男に懸想《けそう》したものだろうか。

「詳しい話をしてくんねェ」

「はい……」

言葉を探している平吉にいらいらして、金次郎は「女房が仏壇の世話をしたくねェんだとよ」と言った。

「何んだそりゃあ。ずい分、罰当たりな嫁じゃねェか」

吉蔵が呆《あき》れたように言うと平吉は首を縮めた。

「三浦屋さんの檀那《だんな》寺《でら》は、確か、うちと同じで正覚寺《しょうかくじ》さんでしたねえ」

お栄が吉蔵の横に座ってふと気づいたように言った。

「そうそう。浅草の正覚寺だ。おいらのとこも同じよ」

金次郎は嬉しそうに相槌《あいづち》を打った。

「兄さんに訊《き》いちゃいないよ」

お栄は金次郎の言葉ににべもなく吐き捨てる。鼻白んだ金次郎は湯呑の茶をぐびりと飲み下した。

「お袋がいないものですから、おすみがわたしの家に来てから、ずっと毎朝、水や御《お》仏供《ぶく》を上げて仏壇の世話をしておりました。毎月の月命日にはお寺からお坊さんが見えまして、おつとめして下さいます。おすみは今までよくやってくれましたが、突然、いやだと言い出したのです。きつく叱《しか》っても、それだけはいやだと申しまして。何が理由だと訊いても泣くばかりで答えません。挙句にうちの墓にも入りたくないと言って、実家へ帰ってしまいました」

吉蔵はさっぱり訳がわからず月代《さかやき》をぽりぽりと掻《か》いた。

正覚寺は浄土真宗で、さほど大きな寺ではない。住職とその息子で檀家《だんか》回りをしている。

息子はやや計算高い面があるが、住職は徳のある僧侶《そうりょ》として人々の信頼を得ていた。

「毎月、おつとめに来るのは若ですかい」

吉蔵は試しに訊いた。住職の息子が平吉の女房に無礼な振る舞いをしたのかとも思われた。

「いえ、お袋が信心深い人だったんで、寺通いをまめにして、何かとお布施《ふせ》もしていたようです。ですから住職もご自分の生きている内はおつとめさせてくれとおっしゃって、若さんに任せず毎月お越し下さいます。お酒の好きなお人で、おすみはおつとめが終わると、そっと一杯差し上げておりました。それはおいしそうに召し上がるそうです。いえ、それをどうこう言うつもりはございません。うちは酒屋ですから、お酒の一杯や二杯差し上げるのは構わないんです」

「嫁さんは急に仏の世話や住職の相手をするのがいやになって実家へ戻ったということですかい」

「はい。先月の月命日が済んで間もなくでした。住職もお年で、だいぶ耄碌《もうろく》が進んでいるようですが、おつとめをするぐらいは大事ありません。おすみは住職を大層、慕っておりましたので、わたしは何が理由なのか見当もつかず、困っております」

いったいおすみはどうしてそんなことを言い出したのか、吉蔵にも皆目見当がつかなかった。

「お栄、何んか心当たりはねェか」

吉蔵はお栄に訊《たず》ねたが、お栄も首を傾《かし》げるばかりだった。

「お袋さんが亡くなってから何年になりやす？」

吉蔵はもう記憶も朧《おぼ》ろな平吉の母親の顔をぼんやり思い浮かべた。

「はい。五年になります。そろそろ七回忌の準備もしなければならないというのに、このていたらくでは……」

「やっぱり、嫁さんに話を聞いてこなけりゃならねェな。里は確か亀井町の青物屋でしたね」

「はい。八百富《やおとみ》という店です」

「そいじゃ、うちの娘を連れて話をしてきまさァ」

「あ、あたしが？」

お栄は虚をつかれたような顔になった。

「女同士の話になるかも知れねェじゃねェか。お栄、叔父貴についてってやんな」

金次郎が諭すように言うと、お栄は割合素直にそうだねえ、と応えた。平吉は安心したように頭を下げた。

「ところで、由五郎はどうした」

帰って来ない由五郎が気になって吉蔵は金次郎に訊く。

「なあに。火事場を見回ってから若い者を引き連れて飲みに行ったわな。今夜は月見だから月見酒だってよ」

「馬鹿馬鹿しい。まだお月さんは昇っちゃいないよ」

お栄は間髪を容《い》れず吐き捨てた。

「お栄、大目に見てやんな。由五郎は昨夜、いい働きをしたじゃねェか。月見の晩ぐらい、いいじゃねェか」

金次郎は鷹揚《おうよう》に言う。

「兄さんが甘やかすから、うちの人はのぼせるんだ。月見の晩ぐらいだって？　月見の晩だけならあたしだってうるさいことは言わないよ。だが、正月からこの方、何かと言うと若い者を引き連れて飲み歩くのはどうした訳だろうね。うちの人は兄さんの真似《まね》をして、いい気になっているんだ。はん、昨夜の小立ちで町内から祝儀《しゅうぎ》をいただいても、あらかた遣っちまうだろうよ。飲み足りなくて、仕舞いには三浦屋さんを叩《たた》き起こすんだ。そうでしたねえ、三浦屋さん」

「は、はあ……」

平吉は居心地悪そうに低く応えた。

「お前ェの選んだ亭主だ。そう悪く言うない。由五郎がちょいと酒を飲んだからって、この家が日干しになる訳でもあるめェ」

「お言葉ですがね、兄さん。は組の頭の家だと持ち上げられても内所《ないしよ》は火の車なんだ。所詮《しよせん》、溝《どぶ》さらいと悪態をつかれる鳶職《とび》さ。いい加減、了簡《りようけん》して貰いたいもんだ」

お栄は立て板に水のごとくまくし立てて、さっと座敷を出て行った。後に残された三人は言葉もなく顔を見合わせた。

「それじゃ、頭。後のことはくれぐれもよろしくお願い致します」

平吉はその場を取り繕うように言って腰を上げた。金次郎もそれを潮に平吉と一緒に帰って行った。

「何んだかなあ」

吉蔵はお栄と金次郎のやり取りを聞いてたまらない気持ちになった。自分が二人の祝言に反対したことは果たして正しかったのだろうか。お栄はいつまでも金次郎に対する思いをふっきれずにいる。これが全くの他人同士だったら顔を合わせなくても済むが、親戚の間柄ではそうもいかない。吉蔵にとって町内から持ち込まれる相談事よりもお栄と金次郎の問題の方がはるかに難しいことだった。

四

八百富は亀井町の堀に面した所にある店だった。翌日の朝、吉蔵はお栄を伴っておすみの実家に向かった。

おすみの父親は若い頃、信濃国《しなののくに》から出て来て、棒手振《ぼてふ》りの青物売りから始めてその店を構えたのだ。間口二間の店は客の気をそそるように季節の野菜がきれいに並べられている。

おすみは茜襷《あかねだすき》で袂《たもと》を括《くく》り、八百富の屋号の入った前垂れをつけて客の相手をしていた。

「毎度ありがとう存じます。またよろしくお願い致します」

看板娘で鳴らした愛想のよさを発揮していた。吉蔵とお栄に気づくと、おすみは唐突に笑顔を消し、脅《おび》えたような顔になった。

「お早うございます。ご精が出ますね」

お栄は如才なく言葉を掛ける。ついでに今夜のお菜にでもするのか野菜の品定めを始めた。

「親父《おやじ》さんとお袋さんはいるかい」

吉蔵もさり気なく言葉を掛けた。

「お父っつぁんは出かけていますが、おっ母さんはおります。頭、うちの人に頼まれたのですか」

おすみは恐る恐る訊く。

「ちょいと様子を見てきてくれと言われただけだよ。平吉はお前さんに出て行かれておろおろしていたわな」

「…………」

「気に入らねェことがあるんならはっきり言うことだ。黙って出て行くのはいけねェよ」

「でも……」

「お袋さんには訳を話したのかい」

「はい、少し」

「それでお袋さんは何んと応えたんだ」

「お前がいやなら仕方がないって」

「え？　ということは、お前さん、夫婦別れするつもりでいるのかい」

吉蔵は驚いた顔になった。おすみの覚悟がそれほど固いとは想像していなかったからだ。

「お父っつぁん、店先でする話じゃないだろうに」

お栄は周りを気にして吉蔵を詰《なじ》った。

「まあまあ、は組の頭。それにお栄さんまで。どうぞ中へお入り下さいましな。いえね、あたしも頭の所へ相談に伺おうと思っていたんですよ。店が忙しかったもんで、ぐずぐずしていましたら、先を越されてしまいましたよ。あいすみません」

おすみの母親のおまさが出て来て吉蔵を中へ促した。着物の襟に手拭《てぬぐ》いを被《かぶ》せ、頭《ず》痛膏《つうこう》をこめかみに貼《は》っている。娘のことで、さぞ頭の痛いことだろうと吉蔵は思った。

「そいじゃ、ちょいと邪魔するぜ。おう、お栄、大根なんざ後にしろ」

「おすみちゃん、この大根と茄子《なす》を取り置いといて下さいな。帰りにいただきますんで」

お栄はそう言うと吉蔵の後から慌《あわ》てて続いた。

「昨日、平吉がやって来て、頭、どうにかしてくれと泣きつかれちまいましてね。話を聞いてもさっぱり訳がわからねェんで、こうしてやって来たんでさァ」

片づかない茶の間に座って、吉蔵は早口に言った。それにしても散らかっている家《こ》の中だ。商売が忙しいのはわかるが、もう少し、きりっとできないものかと思う。小箪笥《だんす》の上には反故紙《ほご》なのか仕入れの書き付けなのか、紙屑《かみくず》が乱雑に置かれ、小箪笥の下にはどてらがとぐろを巻いている。みかん箱も部屋の隅に重ねられて、そこから半纏《はんてん》やら細帯がだらしなく垂れ下がっていた。勧められた座蒲団《ざぶとん》は油じみてとろとろになっており、おまけに綻《ほころ》びが目立つ。

吉蔵が半纏の裾《すそ》を捲《めく》って腰を下ろした時、何んだか尻《しり》の辺りがもぞもぞしたので、腰を上げて見ると、洟《はな》をかんだ紙だった。

おまさは「まあまあ」と言いながらちり紙を摘《つま》み上げ、ついでにどてらとともに奥の部屋に放り込んだ。お栄は何んとも言えないような顔になって、盛んに眼をしばたたく。

「おすみは三浦屋に嫁に出したんですから、あちらの仕来たり通りにしなけりゃいけません。ええ、それはわかっておりますとも」

おまさは先回りしたように言う。吉蔵は煙管《きせる》を取り出して一服点《つ》けた。

「仏壇の世話も嫁のつとめですよ。おすみはいずれ三浦屋のお墓に入ることになるから、それも当たり前の話ですよ」

「今までよくやってくれたと亭主は言っていたぜ」

吉蔵がぼそりと口を挟むと、おまさは張り詰めた糸が緩んだように袖《そで》で口を覆《おお》った。

吉蔵がおすみの悪口を並べると思っていたからだろう。

「あたし、おすみが不憫《ふびん》で……」

「おかみさん、おすみちゃんに何があったか聞かせてくんねェな」

「おすみは……」

「おっ母さん、言わないで」

吉蔵の背中でおすみの甲走《かんばし》った声が弾《はじ》けた。

「だって、お前」

「頭には関係ないのよ。うちの人に頼まれて仕方なく来たんだから。あたしに三浦屋の嫁は無理なの。もっとうまく立ち回れる人がいいのよ」

「うまく立ち回れる？ 妙なことを言う。おすみちゃん、あんたは今までうまく立ち回っていたじゃないですか」

お栄が振り返って諭すように言った。

「我慢していたの。ずっと……」

「何を我慢していたの？ 三浦屋さんの仕来たりかえ、それともご亭主のこと？」

お栄が続けるとおすみは洟を啜《すす》った。

「泣いてちゃわからないよ。あたし等はあんたを責めに来たんじゃない。訳を知りたくて来ただけなんだから。ささ、中へ入って話を聞かせておくれな」

お栄はおすみの手を取った。おすみは泣きながら下駄を脱いで茶の間に上がった。

その間にも客が来て、おまさは店に出て行った。父親の宇吉《うきち》と兄の宇三郎《うさぶろう》は得意先に品物を届けに行っているという。

「おすみちゃんは仏壇のお世話がいやになったそうですね。何んでも三浦屋さんのお墓にも入りたくないとか……それはあれですか、宗派の違いでいやなのですか」

おすみの実家は確か禅宗の曹洞《そうとう》宗だったと思う。お栄はそれを思い出して訊《き》いたようだ。

だがおすみは力なく首を振った。

「御前《ごぜん》様は毎月、おっ姑《か》さんの月命日にはお越し下さいます。最初の内、あたしのことをとても褒めてくれたんです。あたしがまめに仏壇の世話をするから感心だって。あたし、とても嬉《うれ》しかった。おつとめの後でお酒を差し上げると、それはおいしそうにお飲みになるんです。ありがたいお話もいっぱいしていただきました。たまに法事でいらっしゃれない時、代わりの方が来るとあたしはがっかりしたほどです。それが……」

言葉に窮して俯《うつむ》いたおすみを見て、吉蔵とお栄は顔を見合わせた。あまり話を急かしてはならないと二人は思った。それから長い沈黙があった。吉蔵はまた煙管に火を点け、店の方から入って来る朝の陽射しを眺める顔になった。

「御前様はこの頃、めっきりお年を召され、同じ話を何度もするようになりました」

「あの人も年だからなあ。七十は過ぎているだろう」

吉蔵は住職の皺深《しわぶか》い顔を思い浮かべて言う。

「もうすぐ傘寿《さんじゅ》におなりです」

傘の字の略字は「仐」で八十に分解できることから八十歳を祝う言い方である。

「もうそんな年になったのかい。こいつは知らなかったな。惚《ぼ》けてもおかしくねェわな」

「あたしも少々のことは仕方がないと思っておりました。でも、段々、様子がおかしくなったのです」

「手を握るとか？」

お栄がそっと訊く。

「そんなのしょっ中《ちゅう》ですよ。いらっしゃるとなかなかお帰りにならないので困っておりました。いやらしいこともおっしゃいますし」

「そいつは全く惚けているんだ。困ったもんだなあ。寺は人手が足りねェから惚けた住職でも檀家廻りさせなきゃならねェんだろう」

吉蔵は苦々しい口調で言った。

「でも、御前様は仕方がないとしても、仏壇の世話がいや、三浦屋さんのお墓に入るのもいやというのは解《げ》せませんねえ」

お栄は平吉から聞いた話を持ち出した。

「頭、お栄さん。これは誰にも知られたくないことなのです。できればあたしの胸に留めていたいんです」

切羽詰まって吉蔵とお栄に言ったおすみを見て、二人はおすみが住職に手ごめにされたのではないかと考えた。そう考えるしかなかった。だが、吉蔵は不審も覚える。傘寿を迎える爺《じじ》ィが事に及べるものかと。

また長い間があってから、おすみは他言無用とくどいほど念を押して、ぽつぽつと話し始めた。

先月の月命日、正覚寺の住職は駕籠《かご》で三浦屋までやって来た。駕籠屋はおつとめが終わるまで、いつも外で待っている。

惚けていても経を忘れないのが不思議だった。だが、おつとめが終わり、いつものようにおすみが酒の入った湯呑《ゆのみ》を差し出すと、住職はそれを一口啜って、しみじみと仏間を見回した。

「この部屋だったねえ、姐《ねえ》さんと抱き合って寝たのは」

おすみは住職が誰かと自分を勘違いしているのではないかと思ったが、あまりに生臭い話で言葉に窮した。僧侶はもともと女犯《にょぼん》を禁じられているので、妻帯する者も希《まれ》である。

浄土真宗は開祖親鸞聖人《しんらんしょうにん》が越後に配流《はいる》となった時に恵信尼《えしんに》と結婚して子女をもうけ家庭生活を営んだことから、この宗派の僧侶達は妻帯する者が比較的多かった。

住職の妻も同じ宗派の寺の娘だったという。

檀家に気配りの利《き》くよい妻と評判だったが、平吉の母親と同じ頃に亡《な》くなっていた。寺では息子の嫁が親身になって住職の面倒を見ているということだったが、妻を亡くした心の隙間《すきま》に忍び込んだものは飽くことのない女体への思いだったのだろうか。

黙っているおすみに住職は、にやけた笑みを浮かべて言葉を続けた。

「わしはあの時のことが忘れられない。今思い出しても勃《た》ってくるほどだよ。姐さんはどうだね」

おすみは何んと答えてよいかわからず首を傾《かし》げた。内心では早く帰ってくれないだろうかとそればかりを考えていた。いや、住職にはもうおつとめに来てほしくない。平吉に伝えてその旨《むね》を寺に告げて貰《もら》おうと算段していた。

だが、住職は、それからもなかなか腰を上げようとはしなかった。

「この部屋ではいつも姐さんと二人きりだから、わしは嬉しいよ。あの時もそうだったね。あんたの白い胸を吸ったわしの心地は天にも昇るようだった。だが、罰が当ったよ。うちの奴がみまかったのは、あの後だった。それにあんたもほどなく病に見舞われた。あんたは……死んだんじゃなかったんだね。そうだよ、ここにこうしているんだから死ぬ訳がない」

おすみは住職が自分と平吉の母親を取り違えているのだと気づいた。その瞬間、両腕の内側に鳥肌が立った。

「御前様、駕籠屋さんが待っております。あまり遅くなるとお寺で心配なさいます」

おすみは慌てて言った。

「ふん、今度はおつとめのない時にゆっくり来るよ。そん時は邪険にしないでおくれよ」

住職は未練たらしく腰を上げた。よろよろしているのでおすみはその手を取った。

歯のない住職の口許《くちもと》がほころんだ。

「いいなあ、姐さんの手は。白くて柔らかくて、あそこと同じだよ」

住職の戯《ざ》れ言はやまなかった。ようやく駕籠に乗せて住職を見送ると、おすみは、どっと疲れを覚えた。住職と平吉の母親の秘め事は、恐らく住職が惚けていなければ明かされることはなかったに違いない。

おすみの胸は嫌悪《けんお》感でいっぱいだった。もう住職の顔も仏壇の中の位牌《いはい》も見たくなかった。年老いてお迎えが来た時に姑《しゅうとめ》と同じ墓に入るのかと思えば厭《いと》わしさが、いやました。

用事を足して戻って来た平吉におすみは「もう仏壇の世話なんてしたくない、三浦屋のお墓に入るのもごめんです」と、悲鳴のように叫んで家を飛び出したのだった。

「何んともなあ」

吉蔵はやり切れない気持ちで呟《つぶや》いた。おすみの気持ちを考えると無理もないと思った。

だが、お栄は吉蔵とは違うことを言った。

「死人に口なしとはよく言われることですけどね、御前様のお話だけじゃ、わかりませんよ。ましてあのお方は、もう半分惚けているんだし」

「だってお栄さん、御前様はこの部屋だったねえと覚えていらっしゃいましたよ」

おすみはきッと顔を上げて反論した。

「仏間の造りなんざ、どこの家もそんなに違いはないですから勘違いということもありますよ。御前様はお姑さんの名前をはっきり出しましたか」

「いいえ、それは。姐さんだけでした」

おすみはおずおずと応《こた》える。

「このお江戸にゃ、若い姐さんから年取った姐さんまでごまんとおりますよ。それを誰かと問い詰めたところで今さらどうなるものでもなし」

「…………」

「まあ、御前様の長い人生にはそんなことの一度や二度あったかも知れませんね。あるいはおすみちゃんに岡惚《おかぼ》れするあまり御前様の頭の中でそんな話ができ上がったとか。いずれにしてもあんたが夫婦別れするほどのことではありませんよ。聞いてるこっちが馬鹿馬鹿しくなる」

お栄は埒《らち》もないというように吐き捨てる。

「お栄さんは、大したことではないとおっしゃるんですか」

「ええ。三浦屋のおかみさんになったんですから、こんなことであたふたしちゃいけませんよ。結局、生き仏と言われていた御前様も中身は普通の男だったってことじゃないですか。あたしはいっそ、安心したような気持ちですよ。あの御前様でさえそうだから、さしずめ、うちのお父っつぁんなんざ、惚けた時には、おっ母さんの腰巻きを頭巾《ずきん》代わりにして火事場に行きかねないですよ」

お栄がそう言うと吉蔵はぎょっとしたが、おすみはようやく、くすりと笑った。

「ささ、仕度をして早くお店にお戻りなさい。正覚寺さんの方にはうちのお父っつぁんが話をつけますから」

「お、おれが？」

吉蔵は呆気《あっけ》に取られた声になった。

「他に誰がいるんだえ？　御前様は耄碌《もうろく》してあらぬことを口走るから外へ出さない方がよござんす、とずばりと言ったらいいんだ。若さんも、うすうす気づいていると思うから話は早いだろう。おすみちゃん、それでいいですね」

「はい……」

おすみは渋々応えた。

五

「年を取るのは切ねェなあ」

八百富からの帰り道で吉蔵はしみじみと言った。

「おれが惚けた時にはお春の腰巻きを被って火事場に行きかねねェと言われた時なんざ、正直おれは背中がざわざわしたぜ。そうなったらどうしようってな」

「おすみちゃんの手前、少し大袈裟《おおげさ》に言ったまでだよ。お父っつぁんは気にしなくていいよ」

八百富から買った大根と茄子《なす》を抱えたお栄は屈託のない笑顔を見せて応えた。

「だがなあ、先のことを考えると気が滅入るぜ。おれも惚けたら、あらぬことを口走るのかなあ」

「いいじゃないか。そうなったらなったで。惚けているんだから仕方がないと諦《あきら》めるさ」

「おれは、やだね」

「やだと言っても惚ける時は惚けるんだ。お父っつぁんが惚けた後のことまで心配することはないよ。大威張りで惚けたらいいよ。どうせ世話をするのはあたしやおっ母さんなんだから」

お栄の言葉は嬉しいような悲しいような複雑な気分を吉蔵にもたらした。吉蔵は胸の中で意地でも惚けるものかと呟いた。

大伝馬町の家に戻ると、お春が笑顔で「松島町の坊ちゃんがおいでだよ」と伝えた。吉蔵とお栄は顔を見合わせた。

「嬉しいねえ。こんな日は坊ちゃんの顔を見るのが一番だよ。好きよ、たろちゃん。好きよ、たろちゃん」

お栄は節をつけて歌うように言いながら奥の部屋に向かった。吉蔵も雪駄《せった》を脱いで後に続いた。

「頭、お留守にお邪魔して申し訳ありません。父上よりお許しが出たのでさっそくやって参りました」

太郎左衛門は折り目正しく言う。その顔は昨日と違って明るい。

「ほう、それでお父上様は、どんなことをあっしに教われと言いなすった」

「はい。まず町火消のことです。町家に火事が起きた時、まっさきに駆けつけるのが町火消ですから、その役目を知ることが大切だと言われました。それから、燃え盛る火の中に飛び込むのは勇気のいることなので、勇気を持つ心構えも教わるのがよろしいとも」

「お父上様はいいことをおっしゃるなあ。しかし、坊ちゃんは手習い所や、やっとうの稽古《けいこ》に通っていなさるから、あまりここへは来られやせんでしょう」

「いえ、剣法は一日おきで、手習い所も月の始めや中日、晦日《みそか》は休みになります。ですから暇はあります」

あんたは暇でも、こっちは暇ではないと言いたかったが吉蔵は黙って肯《うなず》いた。そこまで見込まれては断る訳にいかない。

「ようがす。まあ、お力になれるかどうかわかりやせんが、あっしが知っていることは坊ちゃんにお教え致しやしょう」

「頭、恩に着ます」

太郎左衛門は嬉しそうに顔をほころばせた。

笑った顔は何んとも愛くるしい。

「坊ちゃん、昨日は妹さんからぷうをされましたか」

お栄が豆大福と茶を運んで来ると悪戯《いたずら》っぽい顔で訊《き》いた。

「ええ、まあ」

　太郎左衛門は恥ずかしそうに応えた。

「可愛《かわい》いなあ。ねえ、坊ちゃん。あたしもたろちゃんって呼んでいいですか」

　お栄は甘えた声になった。

「お栄、何言いやがる。仮にもお武家の坊ちゃんに向かって」

　吉蔵は慌《あわ》ててお栄を制した。親に聞こえては気分を害すると思った。

「頭、拙者は構いません。近所の町家のおかみさんもそう呼んで下さいます。拙者、自分の名前は年寄りのようで、あまり好きではありませんので」

「いけねえ、いけねえ。お父上様が考えに考えてお付けになった大事な名前ェだ。粗末にしては罰が当たりやす」

「名前を付けたのはお祖母様です」

「…………」

「でも、いずれ拙者も年寄りになりますから、その内に身についてくると思います。ところで、いろは組はそれぞれに纏《まとい》が違いますね。何か謂《いわ》れがあるのでしょうか」

　太郎左衛門はさっそく本題に入った。

「そ、そりゃあね、それぞれに謂れがありまさあ。たとえば『い組』の纏は罌粟《けし》の実と桝《ます》を型取っておりやす。罌粟と桝で消しますって謎《なぞ》なんでさあ」

そう言うと太郎左衛門は、さもおかしそうにころころと笑った。

「おもしろいですね。それじゃ、『は組』は何んですか」

「『は組』はですね、違い重ね源氏車四方、あるいは源氏車二つ引き流しとも言いやす。昔ね、車善七《くるまぜんしち》という非人頭《ひにんがしら》がこの辺りに住んでいたんですよ。その親分が『め組』との喧嘩《けんか》の仲裁をしてうまく収めたことから、車の紋所を使うようになったと言われておりやす」

「へえ、勇ましいものですね。車さんは男気のある人なんですね」

太郎左衛門が眼を輝かせたので吉蔵は落ち着かなくなった。非人頭を男気があると思わせてよいものだろうか。

「坊ちゃん、『は組』の謂れのことは覚えなくてよござんすよ。はっきりしたことじゃござんせんから」

お栄は吉蔵の言いたいことをずばりと言った。吉蔵はほっとした。やはり頼りになる娘である。

太郎左衛門は怪訝《けげん》な顔をしていたが、素直にはいと応えた。

お栄はそれぞれの纏には組のある町に関係するものや武家の紋所をいただいたもの

が多いのだと簡単にまとめた。

それでも太郎左衛門は「よ組」は、「に組」は、と纏の意匠を問い続ける。吉蔵はおくみに町火消の組が描かれている双六《すごろく》を持って来させて太郎左衛門にいちいち教えた。

太郎左衛門はその双六がほしいような顔になった。

「おくみ、坊ちゃんに差し上げていいか」

吉蔵が訊くとおくみは泣きべそをかいた。

「いいです、いいです、頭。拙者は後ほど母上に買っていただきますので」

太郎左衛門は慌てて言う。おくみは貸すのならいいと、しっかりしたことを言った。

小半刻《こはんとき》（約三十分）もそうして吉蔵は太郎左衛門の相手をしていただろうか。いきなり半鐘の音が聞こえた。吉蔵はすぐに立ち上がった。

ほどなく、由五郎がやって来て「親父《おやじ》橋《ばし》近くの出合茶屋らしい。お栄、仕度しろい」と怒鳴るように言った。

「あいよ」

お栄はすばやく土間口に飾ってある由五郎の火消半纏《ばんてん》を手に取った。お春もお栄と争うように吉蔵の半纏を引き下ろす。

「頭、拙者はどうしたらいいのでしょう」

ごった返す家の中で太郎左衛門の泣きそうな声が聞こえた。

「餓鬼はすっこんでろ！」

由五郎は荒い言葉で一蹴《いっしゅう》した。

「坊ちゃん、悪いが、あっしはこれから火事場に行かなきゃならねえ。また後にしてくんな」

吉蔵も仕度をしながら早口に言った。

「頭、何かお手伝いさせて下さい」

「邪魔だと言ってんだろうが」

頭巾と手袋をつけながら由五郎はいらいらした声になった。

「この家は人がいなくなる。気持ちがあるんでしたら留守番しておくんなさい」

吉蔵は由五郎に叱《しか》られた太郎左衛門が気の毒になってそう言った。

「心得ました。拙者、男の意地を賭《か》けて留守番致します」

「留守番に男の意地を賭けるってか？　お武家の坊ちゃんてな、ご大層なもんだぜ」

由五郎はそう言うと纏を摑《つか》んで家を飛び出した。その後を吉蔵が続く。

自身番横の空地に向かいながら吉蔵の耳にはなぜか「男の意地を賭ける」と言った

太郎左衛門の声がまとわりついていた。
(坊ちゃん、おれも男の意地を賭けて火事場を収めるぜ)
吉蔵は胸で呟いた。不思議に気力が湧《わ》いてきた。
その日から吉蔵と太郎左衛門の奇妙な蜜月《みつげつ》が始まったのだった。

すべった転んだ洟《はな》かんだ

一

秋も深まった天気のよい日の午後、大伝馬町《おおでんまちょう》の吉蔵の家に義兄の金八がやって来た。

金八は吉蔵の姉の連れ合いである。金八も息子の金次郎も、吉蔵とともに町火消「は組」を受け持っている。

若い頃の吉蔵は義兄の金八が何かと煙たかったものだが、火消の御用や本業の鳶職《とびしょく》の仕事を一緒にする内、次第に気心も知れ、年を取った今では本当の兄弟のように思っている。

金八は六十一、吉蔵は五十五だった。

縁側に面している茶の間で、二人はなかよく世間話に興じていた。二人の傍《そば》で七歳の太郎左衛門が行儀よく座って話を聞いていた。

太郎左衛門は松島町《まつしまちょう》の武家の息子だが、吉蔵に男の道を教わりたいと頻繁にやって来るのだ。

太郎左衛門はおとなしく、他の子供達のように騒いだりしないので吉蔵は傍にいても気にならない。女房のお春も娘のお栄も「たろちゃん」と呼んで、親戚《しんせき》の子供のように親しみを持っていた。

狭い庭では雀《すずめ》の鳴き声が聞こえている。のどかな午後のひとときだった。

「吉《きち》の字《じ》、ありゃあ、何んだ」

金八は庭の隅に立っている脚の長い書見台《しょけんだい》のようなものに目を留めて吉蔵に訊《き》いた。

太郎左衛門も、ふと振り返った。

「餌台《えさだい》ですね、頭」

吉蔵が応《こた》える前に太郎左衛門が笑顔で言った。吉蔵は肯《うなず》く。金八は、「雀の餌付《えづ》けをしてるのかい」と続けた。

「いいや、雀じゃねェ。烏《からす》よ」

「烏ぅ？」

金八は呆《あき》れたような顔になった。

「春先に烏の野郎が松の樹《き》に巣を作りやがったのよ。由五郎が物干し竿《ざお》で巣を壊そうとしたら、頭をつっ突かれた」

「子育てしている時の烏は気が立っているから、気をつけねェと怪我《けが》をするぜ。しかし、何んだってこんな町中に巣なんざ拵《こしら》えるんだろうな」

金八は腑《ふ》に落ちない表情で首を傾《かし》げた。髪はすっかり白く、おまけに若い頃に比べて、ひと回りも身体《からだ》が小さくなった。それでも、かつて纏持《まといも》ちで鳴らした男気は失われていなかった。

「年々、町家が拡《ひろ》がって、烏の塒《ねぐら》も満足な所がねェんだろう」

吉蔵はおざなりに応えた。

「餌をわざわざやらねェでも、烏は勝手に餌を獲《と》ってくるだろうが」

「おれもそう思ったが、雌は雛《ひな》の傍を離れられねェ様子だったし、雄はさっぱり満足のいく餌は運んで来ねェ。仕舞いにゃ、鳴き声まで掠《かす》れてきちまったのよ。お栄が可《か》哀想《わいそう》だと仏心を起こして残った飯や焼き芋を庭に並べるようになったが、烏より先に野良猫がかっさらっちまう。それで、後生だ、お父っつぁん、野良猫が届かないように餌台を拵えてくれとお栄に縋《すが》られた。孫娘も一緒になって、祖父《じい》ちゃん、烏を助けてと泣き出す始末よ」

「それでか」

「ああ、それでだ」

金八と吉蔵の話はそこで途切れ、吉蔵は煙管《きせる》の煙を吐き、金八は湯呑《ゆのみ》の茶を黙って啜《すす》っているばかりだった。太郎左衛門は次の話がいつ始まるのかと待ち構えている。

「たろちゃん、年寄りの話を聞いてて退屈しませんか」

茶のお代りを淹《い》れるために茶の間に現れたお栄が、そんなことを訊いた。

「いえ、退屈ではありません。ですけど、お話とお話の間がずい分長いので、不思議な気がします。もう終わったのかと思うと、まだ続いているのです」

「それはね、たろちゃん。年寄りになると、万事がゆっくりになるからですよ。年寄りは早く走れないし、ご飯だってさっさと食べられない。人はね、だんだんそうなるんですよ」

お栄は太郎左衛門を諭すように応えた。

「べらぼうめい。年寄り年寄りって馬鹿にするない。おれ達はまだまだ元気だァな」

吉蔵は癇《かん》を立てた。横で金八も大きく肯いた。

「こんな強がりを言って、若い者に負けるものかと無理をすることを、年寄りの冷や水って言うんですよ」

お栄の言葉に吉蔵も金八も鼻白んで黙った。

「おかしいなあ、鳥の姿が見えないんだよ」

お栄は茶を淹れると縁側に立って、松の樹のてっぺんを見上げた。

「雛が巣立ったんじゃないですか」

太郎左衛門もお栄の隣りに来て、同じように松の上を見て言った。

「それならいいのだけどねえ」

「お栄、鳥は利口だから、もっとうまいもんを喰わせる所へショバ替えしたんだよ」

金八は訳知り顔で言う。

「大頭《おおがしら》はどうしてそんなことがわかるんですか」

太郎左衛門は不思議そうな顔で金八に訊いた。は組は頭が三人もいるので太郎左衛門は区別に困り、金八を大頭、吉蔵を頭、金次郎を若頭と呼ぶ。金八は大頭という呼称に落ち着かない様子だった。本来は一老、二老、お職（顔役）という分け方をするのだ。

「坊ちゃん。こっちの頭は、昔、鳥だったもんで、仲間内のことがよくわかるんですよ」

吉蔵は悪い冗談を言った。

「大頭は、昔、鳥だったんですか」

太郎左衛門は真顔で訊いた。

「んだ、鳥だった」

金八が仕方なく応えると、お栄は噴《ふ》き出した。

「ああ、馬鹿馬鹿しい。二人とも長生きするよ」

金八は、一刻ほどして帰って行った。世間話の合間に大工の普請《ふしん》現場の足場掛けのことやら、町内の溝《どぶ》さらい、火の用心のために、夜に町内を廻らせる組の者の手配など、細々と吉蔵に言い置くことは忘れなかった。

「万事、金次郎に任せているから、義兄《にい》さんは心配しなくていいぜ」

吉蔵はさり気なくいなした。金八はそれもそうだという顔で、二、三度肯いた。

「伯母さんによろしくね。近い内に顔を出しますから」

お栄は金八を見送りながら言った。

「そうしてくれるかい。うちの奴、この頃、あまり身体の調子がよくねェんだ」

「本当？　そりゃ大変だ」

「お栄の顔を見りゃ、少しは元気になるかも知れねェよ」

「あたしは何もできないけど、伯母さんが喜ぶんなら、そうしますね」

お栄は金八を慰めるように言った。金八の声が心なしか元気がないと吉蔵は思った。

太郎左衛門は金八がいなくなると少し改まった顔つきになった。

「頭、拙者、折り入ってお願いがございます」

「お願い？　穏やかじゃねェな。あっしにできることですかい」

「ええ。お忙しいところ、まことに恐縮ですが、拙者の道場の紅白試合に、おいでいただけないでしょうか」

「ほう、やっとうの試合があるのかい。そいつァ、楽しみだ。行かせて貰《もら》いやすぜ」

吉蔵がすぐに色よい返答をしたので、太郎左衛門は安心したように無邪気な笑みを洩《も》らした。

「しかし、あっしみてェな年寄りが見物に行って本当にいいんですかい。周りは皆、お武家様なんじゃありやせんか」

「試合をごらんになるのは、町家では頭だけだと思います」

「…………」

「ご心配なく。拙者、道場の先生には前もってお許しを得ております。先生は、それでお前が心強い気持ちになるのなら、是非、観戦していただきなさいとおっしゃいました」

「どうしてまた……」

太郎左衛門が吉蔵につき添ってほしいという意図がよくわからなかった。

「拙者、試合に負けると、どうしても涙を堪《こら》えることができません。それで、頭に傍にいていただければ、我慢できるのではないかと思いました」

言いながら太郎左衛門の眼は、もはや潤《うる》んでいた。太郎左衛門は行儀がよく、頭もよさそうだが、ただ一つ欠点があった。すこぶるつきの意気地なしなのだ。

「あっしがついていれば泣かずにできやすかい」

「多分」

「そんな、多分なんて心細いことをおっしゃっちゃいけやせんぜ。臍《へそ》に力を込めて何くそとがんばって下せェ」

「はい、がんばります。しかし、それでも泣いてしまったら、どうしたらいいのでしょう」

「ま、そん時はそん時で仕方がねェでしょうが」

「頭、後で情けない奴だと笑わないで下さい」

「そんなことは致しやせんが……」

困ったものだと吉蔵は内心で独りごちた。

自分の孫だったら、拳骨《げんこつ》の一つもくれて、「しっかりしろい！」と励ますこともできるが、相手が武家の坊ちゃんではそうもいかない。

「ちなみにお父上様は、やっとうの腕はいかがでした」

吉蔵は、ふと思いついて訊いた。父親が侍なら、剣法は心得ているはずだ。

「父上は十四歳の時に柳生流《やぎゅうりゅう》の目録を取りましたが、それからは学問の修業の方が忙しくなり、道場からは遠ざかってしまいました。頭、父上は今まで、お腰のものを抜いたことが一度もないと申しました」

「刀のような物騒なもんは滅多に抜くもんじゃありやせん。抜けば誰かが怪我をしまさァ」

吉蔵はそう言ったが、太郎左衛門の父親も剣法の腕はそれほどでもないと察した。その血を引いているのだから、太郎左衛門に多くは期待できないだろうとも思った。

「そうですよね。それなのに剣法の稽古《けいこ》をしろと、母上もお祖母《ばば》様も申します。毎年一回、決まって切腹のお稽古もあるのです。拙者は恐ろしくて恐ろしくて、ぶるぶる震えております。武士の嗜《たしな》みと言われても、そんな嗜みは結構です」

「大変だなあ、お武家の坊ちゃんも」

「大変なのです」

「道場はここから近いんですかい」

「はい。浜町河岸《はまちょうがし》にある伊坂紋十郎《いさかもんじゅうろう》先生のお屋敷の中にあります。伊坂先生は上総鶴《かずさつる》牧《まき》藩の剣法指南役を仰《おお》せつかっておりますが、お務めの合間に我々にも稽古をつけて下さるのです。父上が昔、伊坂先生に学問を指南した縁で、拙者は道場に通うようになったのです」

「なるほどね」

すぐに泣いてしまうような弟子は、よそでは取らないだろうと吉蔵は思った。この様子では試合の結果は、見なくてもわかるというものだ。試合に負けて泣く太郎左衛門をどうやって慰めたらいいのか、吉蔵は今から気が滅入った。

吉蔵がつき添うと約束したので、太郎左衛門は安心したように暇《いとま》を告げた。帰る時も台所のお春とお栄に挨拶《あいさつ》することは忘れない。

「大《おお》おかみさん、おかみさん、お邪魔致しました」

「あら、もうお帰りですか。何んなら晩ご飯を召し上がっていらっしゃればよろしいのに」

お栄は名残り惜しそうに引き留める。

「度々そのような雑作《ぞうさ》は掛けられません。また別の時にご馳走《ちそう》になります」

大人顔負けのことを言って帰って行った。

「あたし、大おかみさんだとさ、狼《おおかみ》と呼ばれているようで落ち着かないよ」

お春はそんなことを言った。

「堀留《ほりどめ》の伯父さんなんて大頭《おおがしら》よ」

お栄は含み笑いをしながら言う。金八の家は堀留にあるので、お栄は昔から堀留の伯父さんと呼んでいた。

「お武家様の坊ちゃんだから、きっちりと区別をつけなきゃ気が済まないんだねえ」

「お父っつぁん、また、たろちゃんから何か頼まれたみたい」

「何だい」

「男の道を行くことさ」

「…………」

「お父っつぁんも大変な子供に見込まれたもんだ。おかしいったらありゃしない」

お栄はそう言って、煮物の鍋《なべ》の蓋《ふた》を取った。

中には鰤《ぶり》大根がいい色で煮えていた。

「ちょいと小丼《こどんぶり》に、よそっておくれな。小間物屋のお勝《かつ》さんの所へお裾《すそ》分けをしたいからさ。この間、柿《かき》を山ほど貰ったお礼もあるし」

お春が、ふと思いついたように言った。

「あいよ」

お栄は気軽に返答をして小丼を出した。鰤大根の小丼を前垂れでそっと覆《おお》うと、お春は下駄を突っ掛けて出て行った。

小間物屋のお勝はお春の幼なじみで、お栄も子供の頃から親しくしていた。十年前に亭主に先立たれてからは、独り暮らしをしながら細々と小間物屋を営んでいた。

もうすぐ由五郎が仕事から戻って来る。腹減らしの男だから、すぐに晩飯を喰いたがる。お栄は水を張った鍋に煮干しをひと摑《つか》み入れて汁の用意を始めた。

二

お春はそれからなかなか戻って来なかった。

由五郎が先に戻って来たので、お栄はお春に構わず家族に晩飯を食べさせた。

吉蔵は毎晩、晩酌するのがきまりだったが、由五郎は、家ではさほど飲まない。外でばかり飲む。入り婿《むこ》の立場では吉蔵と一緒に酒を飲んでも気詰まりなのだろう。

「おッ、鰤大根か。豪勢なもんじゃねェか。こいつァ、堀留の兄《あに》ィの好物だ。お栄、あっちに少し届けてやったかい」

由五郎は箸《はし》をつけながら言った。堀留の兄ィとは金次郎を指している。

「いいや。独り者でもあるまいし、向こうは向こうで、ちゃんと今夜のお菜《さい》は決まっているんだ。あたしが余計なことをしちゃ、却《かえ》って迷惑顔をされるよ」

「兄ィのかみさんは料理が下手だからなあ。毎度こぼしてるぜ。ろくなもんを喰わせねェって」

「そんなこと、知らないよ。自分が勝手に見つけたかみさんだろうが。もう、お前さんたら、兄さんのことを言うのは当てつけかえ」

「別においら、そんなつもりはねェが」

言いながら吉蔵の方をちらりと見る。助け舟を出してほしいという顔だった。吉蔵は空咳《からせき》をして「お春は遅《おせ》ェなあ」と言った。

「おっ母さん、お水」

孫のおくみがお栄に催促した。

「お水はご飯を食べてからお飲み」

「喉《のど》が詰まるよ」

「そいじゃ、おみおつけをお飲み」

「熱いからいや」

「お栄、水を飲ましてやんな」

由五郎は見兼ねて口を挟む。おくみは由五郎の顔を見てにッと笑う。その顔は由五郎とそっくりだった。湯呑《ゆのみ》に水を入れておくみの前に置いた時、ようやくお春が戻って来た。

だが、お春は暗い表情をしていて、あろうことか泣いた跡さえあった。

「どうかしたの」

お栄が訊《き》くと、お春は何んでもないよ、と応《こた》えたが、お腹《なか》が空かないと言って晩飯は食べなかった。

吉蔵は晩飯を食べ終えるとすぐに床に入る。由五郎はおくみを連れて仕舞湯《しまいゆ》に行った。

後片づけが済んだ茶の間で、お春とお栄は縫い物を始めた。ぼそぼそと話す声が、奥の間で寝ている吉蔵の耳にも聞こえていた。

「何か食べたらどうだえ、おっ母さん。夜中にお腹が減って眠れなくなるよ」

お栄はお春を心配していた。

「今夜は食べる気がしないよ」

「こけし屋で何かあったのかえ」

そう訊くと、お春はしばらく返事をしなかった。こけし屋はお勝が営む小間物屋のことだった。

「年を取るのはいやだねえ。まして独り暮らしじゃ」

「でもお勝小母《おば》さんは気丈に店をやって、元気なものじゃないか」

「表向きはね」

「表向きって……」

解《げ》せない表情になったお栄にお春は長い吐息をついた。

「今まで店先で話をするばかりで、中に上がったことはなかったんだよ。あたしが行った時、お勝さんは暖簾《のれん》を引っ込めているところだった。もう客の相手をしなくていいから、お茶でも飲んでおゆきって勧めるんで、じゃ、ほんのちょっと、と中へ入ったのさ。これがねえ……」

「どうしたの」

「ものすごい散らかりようだった。足の踏み場もなかったんだよ。幾ら独り暮らしでも、あれじゃあ、ひどい。ちょっとは片づけたらどうだえって、思わず言っちまったよ。そしたらさ、もう何もしたくないんだって。掃除も洗濯も、ご飯の仕度も面倒臭いんだって」

「小母さんは、昔、長いこと女中奉公していた人だから、そういうことはお手のもんじゃなかったのかえ」

「誰かの睨《にら》みが利《き》いてる内は、やらなきゃって思うんだけど、誰もいないとやる気が起きないらしい。ご亭主が亡《な》くなってから、段々それがひどくなったようだ」

「娘が二人もいたじゃないか。時々、様子を見に来ないのかえ」

「あんな所に実の娘だって来るもんか。まるでゴミ溜《た》めだよ」

「……………」

「あたしは話をしながら、そこら辺を片づけたよ。さあ、これで少しはさっぱりしただろうと思って帰ろうとしたんだよ。お勝さんは、すまなかったねえと頭を下げて立ち上がった。ところがその時……」

お春はそこで言い澱《よど》んだ。お栄は「どうしたの、おっ母さん」と、畳み掛けるように訊いた。

「立ち上がった時、お勝さんが座っていた座蒲団《ざぶとん》がびっしょり濡《ぬ》れていたのさ」

「どうして」

お栄はまだ呑み込めない様子だった。お春は切ない吐息をついて「お小水を洩《も》らしていたんだよ」と応えた。

「うわッ」

お栄は思わず悲鳴を上げた。

「これこれお勝さん、粗相《そそう》をしちまっているよと言ったらさ、股《また》ぐらの辺りを触って、何んでもないよだって。そのくせ、濡れた手を火鉢の傍の布巾《ふきん》でそっと拭《ぬぐ》ったんだ。その布巾はお茶を淹《い》れる時、茶碗《ちゃわん》を拭《ふ》いたものだったんだよ。あたしはぞっとしちまった」

「いつからそうなったんだろう。あたしはちっとも気づかなかった」

「ああ、こりゃ駄目だと思って、座蒲団の始末をして、ついでに台所の隅に放り出していた汚れ物も洗ってやった。だから帰るのがすっかり遅くなっちまったんだ。お栄、この先どうしたらいいだろうねえ」

お春は心細い声で訊いた。

「娘さんに言うしかないだろう。毎度、おっ母さんが面倒を見る訳にもいかないから」

「奥の間の蒲団は万年床でさあ、そこでもお洩らししていたらしく、部屋中が臭くて臭くて」

お春は大袈裟《おおげさ》に顔をしかめた。

「娘さんの嫁ぎ先はどこだっけ」

「下の娘は銚子の網元の所へ嫁に行ったが、上は米沢町《よねざわちょう》の生薬屋《きぐすりや》にいるよ」

「割合近くじゃないか。あたし、明日にでも行って様子を知らせてくるよ」

「そうしておくれかえ。恩に着るよ」

「おっ母さんにお礼を言われても仕方がないけど」

このまま放っておくこともできず、お栄は渋々、お勝の娘の所を訪ねるつもりだった。

床の中にいた吉蔵もほっと安堵《あんど》の吐息をついた。男も女も年を取るのは切ないと思う。当たり前のことが当たり前にできなくなる。

あと十年もしたら、自分も下《しも》が弛《ゆる》んでしまうのだろうか。お勝の話は吉蔵にとっても他人事《ひとごと》ではなかった。吉蔵は眼が冴《さ》えて、その夜は何度も寝返りを打った。

三

翌朝お栄は、米沢町のお勝の娘の所へ出かけたが、戻って来た時、ひどく機嫌が悪かった。

「おう、お勝さんの娘さんの所で何んかあったのか」

吉蔵は気になっていたのですぐに訊いた。

「向こうと喧嘩《けんか》しちまったよ。他人様があれこれいらぬお節介はしないでくれと言われたんでね。親切をお節介と言われたら、こっちの立つ瀬もありゃしない。意地にもなるじゃないか。それでね、お言葉ですが、お小水を洩らすような母親を独り暮らしさせておく娘も娘だと口を返したら、眼を吊《つ》り上げて放っといてくれだと。呆《あき》れてものが言えなかった。あんな薄情な娘に会いに行ったのが間違いだった。お父っつぁん、あたし、小母さんの面倒を見に、時々、こけし屋に通うことにしたよ。いいでしょう？」

「ああ、それは構わねェが、こいつはどうも長丁場になりそうな気がするぜ。お栄、途中で音《ね》を上げるようなら、最初《はな》っから手を出さねェ方がいいぜ」

「わかってる。あたし、小母さんの死に水取る覚悟でやるから。昔はずい分、可愛《かわい》がって貰《もら》ったもの。ほんの恩返しさ。その代わり、米沢町とは金輪際、口なんて利かないよ」

こうと思ったら一途《いちず》に突っ走る娘である。

吉蔵は、つくづくお栄が女に生まれたことを惜しんだ。男だったら江戸の町火消四十八組の中では、決して引けを取らない頭になっただろう。

お春はひどい難産の末にお栄を産んだ。一時はお春も命を取られるかと心配したものだ。

「お前さん、あたしが死んだら、この子を立派に育てておくれね。あたしはこの子さえ無事に生まれたら、死んでも悔やまないよ」

苦しい息遣いでそう言うと、お春は気を失いかけた。産婆《さんば》が加減もせずにお春の頬を張った。

「お前が亭主と好きなことをして産む餓鬼だろうが。最後まで落とし前をつけな」

産婆は聞いていられないような悪口雑言をお春に浴びせた。吉蔵はたまらず家を飛び出すと、入谷《いりや》の鬼子母神《きしもじん》へ走った。そして一心に祈った。お春と子供の命が無事なら、もう子供はほしがりやせん。だから鬼子母神さん、どうぞお春と子供の命をお助け下さいと。

生まれるのは男でも女でもどっちでも構わないと、吉蔵は、その時は思っていた。お春は三日三晩の苦しみの末にようやくお栄を産み落とした。しかし、お春の産後の肥立《ひだ》ちは思わしくなく、これ以上、子供を産むのは無理だと産婆は言った。吉蔵が鬼子母神に約束した通りになってしまった。

乳も足りず、吉蔵はお栄を抱えて、あちこち貰い乳をして歩いたものだ。それでもお栄は風邪も滅多に引かず、丈夫に育った。町火消の御用をする家に生まれたせいもあろうが、お栄は幼い頃から利かん気で、威勢がよかった。

お栄がいとこの金次郎に思いを寄せていると知ったのは、いつのことだったろうか。吉蔵は、はっきりと覚えていない。気がつけばお栄は、兄さん、兄さんと金次郎にまとわりついていた。最初は子供扱いしていた金次郎も、お栄が年頃になると、めっきり気にするようになった。狭い路地に入り、壁のすさを毟《むし》りながら金次郎としんみり話し込むお栄の姿を吉蔵は何度か見ている。いとこ同士だが、ここは一緒にさせるかと吉蔵も内心で思っていたのだ。

ところが、金次郎は両国広小路の水茶屋に勤めていた女と理《わり》ない仲になり、あろうことか子を孕《はら》ませてしまった。吉蔵はその女と金次郎を一緒にするしかないと思った。むろん、お栄は素直に承知しなかったが、吉蔵は無理やり金次郎を諦《あきら》めさせた。泣いて泣いて。あの時、お栄は一生分の涙を流したのではなかろうか。不憫《ふびん》ではあったが仕方がなかった。

今ではそれぞれ所帯を構え、表向きは平穏に暮らしているが、お栄の心の中には、まだ金次郎がいると吉蔵は思っている。吉蔵の姉のお富《とみ》はお栄の気持ちを知っているだけに、嫁になったおけいにはずい分、辛《つら》く当たったようだ。それでもおけいは不平一つこぼさなかった。それだけ金次郎に、ぞっこんだったのだろう。だが、おけいはお栄と話をする時、今でもおどおどした様子になる。

お栄がこけし屋に出かけると、入れ違いに太郎左衛門がやって来た。

「頭、紅白試合は明後日の午前中になりました。ご都合はよろしいでしょうか」

その日は珍しく張り切った声で言った。

「あい。今のところは大丈夫でさァ。ただし、万が一、火事が起きた場合は諦めておくんなさいよ」

「朝から火事は起きないでしょう」

「いや、出物、腫《は》れ物は時と場所を選ばねェんで、そいつはわかりやせん」

「今年は三の酉《とり》の年でしょうか」

太郎左衛門は物知りなところを見せた。十一月に酉の日が三度ある年は火事が多いと言われている。

「いや、今年は違いやすが」

「それなら大丈夫でしょう」

太郎左衛門は勝手に決めつけ、にっこりと笑った。その顔は、うっとりするほど愛くるしかった。

「坊ちゃんは何番目に試合なさるんで？」

「拙者は七歳組ですから、最初の方で四番目になります。ですが……」

太郎左衛門は突然、何かを思い出したように暗い顔になった。

「どうしやした」

「拙者の相手は伊坂先生のお嬢さんになるのです」

「おなごが相手になるんですかい」

吉蔵は驚いた。それでは是非にも勝って貰わなければ、太郎左衛門の面目が立たない。

「道場で女の弟子は琴江《ことえ》さんだけなのです。拙者と同じ七歳ですが、背丈も高く、何しろ強いのです」

琴江というのが師匠の娘の名前らしい。

「まあ、お師匠さんの娘なら、やっとうの稽古《けいこ》をしても不思議はねェでしょうが、それにしても、よりによって坊ちゃんのお相手がおなごとはねえ」

どうやら太郎左衛門の腕は、吉蔵が想像していたより、かなり下になるらしい。

「拙者、負けるのはいやです」

太郎左衛門は悔しそうに唇を噛《か》み締めた。意地だけは人並みにあるようだ。

「そりゃそうですよ。誰でも負けるのはいやなもんですって」

「負けて泣くのは恥ずかしいです」

言いながら、とうとう袖《そで》で眼を拭った。

「坊ちゃん、あっしと約束しておくんなせェ。勝負は時の運ですから負けることもありやす。それは仕方がねェこってす。ですが、その後で泣いちゃ、男がすたるというもんです。どうか泣くのだけは堪《こら》えて下せェ」

「がんばります」

そうは言ったが、太郎左衛門の表情は心許《こころもと》なかった。

明後日は朝の五つ（午前八時頃）から試合が始まるので、吉蔵はその前に松島町の村椿《むらつばき》家に迎えに行くことにした。太郎左衛門が負けそうになったら、声の一つも掛けてやろうと思った。

四

太郎左衛門の試合の日、吉蔵はやけに早く眼が覚めた。その日は特に念入りに神棚に掌《て》を合わせ、仏壇のりんも景気よく鳴らした。
縞《しま》の着物の裾《すそ》を下ろし、は組の半纏《はんてん》を羽織って松島町へ出かけた。孫のおくみは、お栄からでも言い含められたのか、「祖父《じい》ちゃん、たろちゃんに、がんばってと言って」と声を掛けた。

「あいよ。おくみも坊ちゃんが勝つように祈っててくれよ」

「うん、祈ってる。のの様になむなむする」

仏壇に拝むと言っていた。

外に出て見上げた空は雲に厚く覆《おお》われ、今にも、ひと雨きそうな気配だった。まるで太郎左衛門のその日の結果を暗示しているようでもあった。

（いやいや、勝負はやってみなけりゃわからねェ）

吉蔵は胸で呟《つぶや》き、冷たい風に首を縮めながら松島町へ急いだ。

黒板塀に囲まれた冠木門《かぶきもん》をくぐると、敷石が玄関先まで続いていた。村椿家は武家屋敷としては中程度の構えである。それでも羽目板の腐れなどはなく、外の掃除も行き届いていて気持ちのよい屋敷だった。

吉蔵は玄関ではなく勝手口へ回った。町人の分を守ってそうしたのだ。台所にいた女中に訪《おとな》いを入れると、小太りの女中は、「大奥様、奥様、は組の頭がおいでになりましたよう」と、びっくりするような大声を上げた。

すぐに顔を出したのは母親ではなく、祖母の里江《さとえ》だった。鶴のように痩《や》せて、髪は真っ白だったが、身仕舞《みじまい》がきっちりしていて上品な女である。

「まあまあ、頭。いつも孫がお世話になりましてありがとう存じまする。またこの度は道場の試合にまでおつき合いいただき、重ね重ねお礼を申し上げまする」

「いえいえ。こちとらは滅法、暇なもんですから……ところで坊ちゃんのお仕度はできやしたんで？」

「は、はい。何んですか、朝になるとお腹が痛いと仮病を使いまして、嫁に叱《しか》られております。すぐに参りますので、頭は玄関の方でお待ち下さいませ」

「へい、そいじゃ、待たせていただきやす」

吉蔵は一礼して外に出ると、玄関先で太郎左衛門を待った。中から甲高い女の声がする。

恐らくは太郎左衛門の母親の紀乃《きの》のものだろう。

「早く早くと何度言ったらよろしいの？　それでもあなたは男ですか。しっかりなされませ。あなたはこの村椿家の長男なのですよ。こういうことでは先が思いやられます。もう……わたくしは、いっそ、あなたなど産まなければよかった。それでしたら、これほど精を切らすこともなかったでしょうから」

聞いていた吉蔵の胸がひやりとした。言うに事欠いて産まなければよかったとは、何んたる言い種《ぐさ》だろうか。だが、吉蔵と同じことを里江も感じたようで、「これ、紀乃さん、何んということを。太郎左衛門のやる気をなくすようなことはおっしゃいますな」と嫁を窘《たしな》めた。

「でも、お母様……」

「でもへちまもありませぬ。ささ、太郎左衛門、は組の頭がお待ちですぞ。しゃっきりなされませ。この祖母《ばば》は、そなたが試合に負けたとて責めは致しませぬ。ですから安心しておいでなされませ」

「本当ですか、お祖母様。拙者が負けてもお叱りになりませんか」

「叱りませんとも」

「父上もお叱りになりませんか」

「そなたの父上は、そのようなことで息子を叱るような了簡《りょうけん》の狭い男ではありませぬ」

「それでは了簡が狭いのは母上だけなのですね」

「太郎左衛門！」

紀乃の声が吉蔵の耳にきんきん響いた。やれやれと吉蔵は思った。朝からあんな声で怒鳴られる太郎左衛門が気の毒に思えた。

ようやく玄関に現れた太郎左衛門の眼は涙で濡《ぬ》れていた。泣き声を堪えて「行ってまいります」と挨拶《あいさつ》すると、口をへの字にして吉蔵の傍にやって来て、半纏の袖をぎゅっと摑《つか》んだ。

「頭、よろしくお願い致します」

吉蔵は殊勝に挨拶した太郎左衛門の顔を見て胸がいっぱいになった。可哀想《かわいそう》で可哀想で、いっそ試合なんざ、うっちゃっておしまいなさいと言いたいほどだった。だが、武家に生まれた息子には通らなければならない道がある。それは町人の吉蔵には窺《うかが》い知れない世界だ。下手な同情は禁物だった。

「ささ、泣かねェで参りやしょう。泣けば烏《からす》がまた騒ぐってもんです」

「拙者は……」

太郎左衛門が何か言い掛けた時、間の悪いことに頭の上で烏が無粋な鳴き声を立てた。

吉蔵はぐふッと噴き出したが、すぐに取り繕って、太郎左衛門の手を取った。太郎左衛門は吉蔵の手を痛いほど握り締めた。

意気地なしだの、何んだのと言ったところで、太郎左衛門は太郎左衛門なりに一生懸命なのだ。それを少しでも汲《く》み取ってやらなければ、太郎左衛門は道を踏み外す。

お栄は、こけし屋のお勝の面倒を、死に水を取る覚悟ですという。ならば自分も、目の前の少年が他に引けを取らない若者に成長するまで見つめてやろうという気になった。

吉蔵が太郎左衛門と一蓮托生《いちれんたくしょう》の覚悟を決めたのは、まさにこの時だった。

道場の前まで来ると、他の門弟達も次々に中へ入って行くのが見えた。皆、笑顔だ。太郎左衛門のように泣きべそをかいている者はいない。

道場と棟《むね》続きになっている母屋《おもや》の戸口から、藍染《あいぞめ》の筒袖の稽古着に袴《はかま》の股立《ももだ》ちを取った娘が出て来るのに気づいた。それが太郎左衛門の試合相手であろう。娘は鈴を仕込んだ下駄をしゃんしゃん鳴らしながら道場へ入って行こうとして、ふと吉蔵と一緒にいる太郎左衛門に眼を留めた。

「お早う、たろちゃん」

気軽に声を掛けた。目鼻立ちがはっきりした器量よしの娘だった。

「お早うございます、琴江さん」

「今日は大丈夫？」

「大丈夫じゃありません」

太郎左衛門は情けない返答をした。吉蔵は握っている太郎左衛門の手を思わず揺すった。

「わたし、あまり強く打ち込まないから安心して」

太郎左衛門は、はっと気づいたように「大丈夫です」と言い直した。

「お願いします」

手加減をすると琴江は言っていた。吉蔵は思わず舌打ちした。琴江はふわりと笑って道場の中へ入って行った。

「坊ちゃん。うそでも、どこからでも掛かって来いって言えねェもんですかい」

「そんな……そんなことを言ったら、どんなことになるか知れたものではありませんん」

「全くしょうがねェなあ」

「頭、拙者を見捨てないで下さい」

太郎左衛門は切羽詰まった声で言う。

「見捨てるなんてことは致しやせんが、今日の坊ちゃんはいつもと違いやすぜ。お母上様じゃなくても怒鳴りたくなりますさァ」

「頭、お願いですから怒鳴らないで下さい」

「へい。お辛《つら》いお気持ちはよっくわかりやす。ほんの一刻《いっとき》のことでさァ。昼飯を喰う頃には何も彼《か》も終わっておりやす。坊ちゃん、それまでの辛抱ですぜ」

「はい。拙者、辛抱致します」

太郎左衛門はそう言って洟《はな》を啜《すす》った。

小ぢんまりとした道場には門弟が三十人ほど集まっていた。年齢ごとに固まっているようだ。太郎左衛門は隅から二つ目の固まりの中に入って、竹刀《しない》と稽古着の包みを下ろした。

吉蔵は観戦する親達のいる所に控えめに腰を下ろした。大抵は武家の奥方連中だった。

町火消の頭をしている吉蔵の顔は覚えているようで、皆、軽く会釈《えしやく》した。

「お邪魔致しやす」

吉蔵も遠慮がちに言葉を返した。吉蔵の座っている場所は、太郎左衛門のいる所と向かい合う形になる。のろのろと着替えをする太郎左衛門に吉蔵は、いらいらした。三歳の孫のおくみの方が、まだしもちゃっちゃと着替えると思った。琴江と呼ばれた娘が見兼ねて手を貸している。

着替えが済まない内に師匠と、もう一人の武士が道場に現れた。床の間を背にして座ると、門弟達は一斉に姿勢を正した。ただ一人、太郎左衛門だけがぐずぐずしている。

「村椿、用意はよろしいか」

「はいッ」

返事だけはいい。ようやく琴江の隣りに座って膝頭《ひざがしら》に手を置いた。

「本日は恒例の紅白試合でござる。日頃の稽古の成果を発揮すべく、皆、心して試合に臨むように。くれぐれも怪我をせぬように気をつけること。よろしいな」

師匠の言葉に門弟達は元気のよい返答をした。

最初は入門したばかりの六歳の組からだった。この間までおむつをして乳を飲んでいたような子供が短い竹刀を振り回す。掛け声だけは一丁前だ。下手な芝居を見るよりよほど吉蔵にはおもしろかった。

六歳といえども、そこは武家の息子達。顔つきにも厳しいものがあって、町家の子供達とは違うものだと吉蔵は感心した。

三組の試合が終わると七歳組に移り、その最初が太郎左衛門と琴江だった。琴江は父親の前で試合をするのが嬉《うれ》しくてたまらないという態《てい》で、跳びはねるように中央に出た。それに対し、太郎左衛門の様子は覇気《はき》に欠けた。

「たろう、負けるな」

「がんばれ」

朋輩《ほうばい》の激励の言葉が太郎左衛門に掛けられる。だが、太郎左衛門は、もはや泣き出す寸前のような表情だった。審判役の武士が、太郎左衛門が構えた竹刀の形を直すと、「始め!」と、声を掛けた。

琴江が勇ましい声で竹刀を突き出すと、その場に棒立ちの太郎左衛門の竹刀が床に、ことりと落ちた。すかさず琴江は太郎左衛門の面を打った。太郎左衛門はその衝撃で尻餅《しりもち》を搗《つ》いた。あっと思う間もない内に勝負がついた。

「紅《あか》、伊坂琴江殿」

審判役は琴江の勝ち名乗りを上げた。起き上がる瞬間、太郎左衛門は「頭、負けました」と、こちらを向いて言った。吉蔵は返答に窮して、思わず俯《うつむ》いた。周りから失笑が洩《も》れた。

来なければよかったと吉蔵は内心で思っていた。面を突かれた太郎左衛門の額は、少し赤くなっていた。

五

道場からの帰り道、吉蔵にあまり言葉はなかった。村椿家に送り届け、里江に「いかがでしたでしょうか」と訊《たず》ねられた時も、「へい。坊ちゃんは、負けは致しましたが、ご立派に試合をなさいやした」と、おざなりに世辞を言っただけだった。

だから、翌日、太郎左衛門がやって来て、別に悪びれたふうでもない顔を見た時、吉蔵は思わず、むかっ腹が立った。

「頭、お身体《からだ》の調子が悪いのですか」

太郎左衛門は機嫌の悪い吉蔵に、しゃらりと訊《き》く。ちっとも吉蔵の胸の内を察していなかった。

「さいですね、身体の調子は滅法界もなく悪いですよ」

吉蔵は皮肉を込めたが、太郎左衛門には通じない。

「坊ちゃん、うちのお父っつぁんは、昨日、坊ちゃんが、やっとうの試合で負けたことが悔しいんですよ」

お栄が横から口を挟む。太郎左衛門は、はっと気づいたように、「至りませんで申し訳ありません」と頭を下げた。

「結句《けつく》、あっしがいてもいなくても、同じことだったんじゃねェですか」

「………………」

「いってェ、坊ちゃんは真剣に稽古《けいこ》をなすっているんですかい。あっしにはとてもそんなふうには見えやせんでしたぜ。坊ちゃんは、あの琴江というお師匠さんの娘と手合わせしても、何んにもしなかったじゃねェですか。あれは試合とは言えやせん」

吉蔵が、いっきにまくし立てると、太郎左衛門はほろほろと泣き出した。

「またお父っつぁん。泣かせちゃ駄目じゃないか」

お栄は太郎左衛門の肩を持つ。

「うるせェ。おれはな、最初《はな》っから諦《あきら》めて試合を投げているような坊ちゃんの了簡が気に入らねェんだ」

「ごめんなさい、頭。ごめんなさい。拙者、お詫《わ》び申し上げます」

「おれに謝って貰《もら》ったって仕方がねェ」

吉蔵は、ぷいっと横を向いた。

「おィ、叔父貴《おじき》、いたかい」

土間口から金次郎の声がした。お栄が返事をしない内に金次郎は、ずかずかと中へ上がり込んできた。泣いている太郎左衛門とそっぽを向いた吉蔵を見て、「どうしたい」とお栄に訊いた。お栄は情けない顔で経緯《いきさつ》を話した。

「坊ちゃん、頼みの頭にも邪険にされて、そいつは気の毒なこった。ちょいと、おれの話を聞いておくんなせェ」

金次郎は太郎左衛門の前で胡座《あぐら》をかくと、泣いている太郎左衛門を膝に乗せた。

「坊ちゃん、男にとって大事なことは何んだと思いやす？」

金次郎は試すように訊いた。

「強くなることですか」

「へへえ、わかっていなさるじゃねェですか。男はおなごより強くなけりゃいけやせん。なぜなら、男はおなごを守るさだめで生まれて来てるんですからね。ところが坊ちゃんは昨日の試合に負けてしまった。しかもおなごにね。さあ、そいつはいったい、どうした訳でござんしょう」

「拙者が弱いからです」

「いいや、そうじゃありやせん。坊ちゃんには気力がねェからです。また負けるかも知れねェ、そう思って、試合をする前から及び腰になっていたからですぜ。坊ちゃんは試合をする前に、もはや負けていたんでさァ。こんな馬鹿なことがありやすかい。

ちょっとでも打ち込んでやろうという気にならねェ限り、これからも勝つことはありやせん。さあ、この先、坊ちゃんはどうしなさいやす。負け続けやすかい」

「い、いやです」

太郎左衛門はその時だけ、きっぱりと応《こた》えた。

「昔ね、そう、ちょうど坊ちゃんぐれェの頃、おれもやっとうの道場に通ったことがありやす。おれはね、坊ちゃんとは逆に、手前ェの力も顧みず、強い相手に掛かっていく無鉄砲な男なんでさァ。生意気だってんで、お武家の兄弟子に、稽古の帰りにさんざ殴られやした。おれはくそッと思い、近所にいた北辰《ほくしん》一刀流の免許皆伝の浪人に教えを請《こ》いに行ったんでさァ。そこでひと月、徹底的に仕込んで貰いやした。浪人は手加減なんざしなかった。その頃は顔も身体も痣《あざ》だらけでしたぜ。おれが音《ね》を上げなかったのは、殴った奴等を見返してやりてェと意地があったからです。そいで、とうとう道場の試合で三つも年上の奴等をこてんぱんにやっつけた。胸がすうっとしやしたぜ」

「羨《うらや》ましい……」

太郎左衛門は泣き止《や》んで、ようやくそう言った。それから、ふと気づいたように訊いた。

「若頭は目録でもお取りになりましたか」

「いいや。こちとらは所詮《しょせん》、素町人《すっちょうにん》。やっとうの免状なんざ、無用のもんです。まあ、そん時の心構えを思い出して坊ちゃんに偉そうに申し上げるとすれば、とにかく竹刀をしっかり握って持つこと。それから手前ェの眼を相手から逸《そ》らさねェこと。この二つを守れば、そこそこいけますぜ」

「若頭、ありがとうございます。拙者、少し勇気が出ました」

「そうですかい。そいつァ、話した甲斐《かい》があったというもんです」

金次郎は相好《そうごう》を崩し、どうだ、お栄、おれはいいこと言っただろうと、傍のお栄の方を振り返ったが、お栄は何か気づいたように庭に出て餌台《えさだい》の方へ向かった。

「誰だろうね、こんな所にこんなものを置いたのは」

餌台の上には黄色の野の花が三本ほど置かれていた。

「おくみじゃねェのか」

吉蔵は埒《らち》もないと言うように応えた。

「おくみには手が届かないよ」

金次郎は太郎左衛門を膝から下ろすと、お栄の方を向いた。餌台の上の花に眼を留めると、「そいつはここら辺にあるもんじゃねェな。ずっと在所の方にでも行かなきや、見られねェ花だ」と言った。

「何んという名だえ」

「し、知らねェ」

「もう、いい加減なことをお言いでないよ」

「いい加減じゃねェ。花の名前ェは知らねェが、確かに在所にある花だ」

「おかみさん、つわぶきですよ」

太郎左衛門が口を挟んだ。

「え、本当ですか、坊ちゃん」

お栄は、花を持って来て太郎左衛門に見せた。派手さはないが、可憐《かれん》な感じのする花だった。

「やはり間違いありません。これはつわぶきです。葉っぱは蕗《ふき》に似ています。拙者のお祖母様は華道の心得がありますので、以前に教えていただいたことがあります。そうですね、確かにこの辺にはなく、あっても寺の境内《けいだい》とか、町外れになります」

「見ろ」

金次郎は鬼の首でも取ったようにお栄に言った。しかし、誰がその花を置いたのかは、依然としてわからなかった。

太郎左衛門の不甲斐なさに腹を立てていた吉蔵の気持ちは、贈り主のわからない花でうやむやにされてしまった。

しかし、それからも餌台の上に花が置かれることは続いた。

六

お栄はこけし屋のお勝の所から帰って来ると、堀留のお富の様子を見に行った。どうも具合が悪く、寝たり起きたりの日々が続いているようだった。気も弱っていて、お栄にしきりに会いたがっていると、金八が、この間、吉蔵の家を訪れた時に言っていたのだ。

お栄は晩飯が済んでもなかなか戻って来なかった。由五郎に迎えに行って来いと吉蔵は言ったが、由五郎は仲間と飲みに行く約束をしたとかで、うんと言わなかった。

仕方なく、吉蔵は堀留までお栄を迎えに行った。ところがひと足違いでお栄は帰った後だった。やれやれ無駄足だったかと思いながら、吉蔵はついでにお富や金八と小《こ》半刻《はんとき》（約三十分）ほど話をしてから家を出た。お富は近頃、目まいと動悸《どうき》が激しいという。医者は心《しん》ノ臓《ぞう》が弱っていると言ったそうだ。お富の話は愚痴っぽく、実の姉なのに吉蔵は気が滅入って仕方がなかった。お富にもしものことがあったら、金八も途端に元気がなくなるような気がする。ついでに自分もどうにかなりそうだった。

冷たい夜風に吹かれながら、吉蔵は大伝馬町へとぼとぼと歩みを進めた。

「やめてよ、いまさら！」

突然、吉蔵はお栄の声を聞いたと思った。

きょろきょろと辺りを見回すと、その声は通りに面して店を出している一膳《ぜん》めし屋の縄暖簾《のれん》の中から聞こえているようだった。

ぼそぼそと言い訳がましく喋《しゃべ》る声は金次郎だった。お栄を送る途中、金次郎がその店に誘ったらしい。戸を開けて中へ入ろうとした吉蔵だったが、お栄の泣き声に足が止まった。

お栄の泣くところはこの何年も見ていなかった。だからなおさら、吉蔵にとって衝撃だった。

「どうしてあの時……だったのよ。あたし、ずっと待っていたのよ。それなのに兄さんは来てくれなかった。夜が明けるまで待っていたのよ。ようやく来たのは兄さんじゃなく、うちの人だった。兄さん、うちの人に言い含めたんでしょう？　あたしと一緒になれって」

「あいつは昔からお前ェに惚《ほ》れていたからよ。おれは洗いざらい手前ェのことを打ち明けて、それで……したのよ」

金次郎とおけいのことが表沙汰《おもてざた》になった頃、お栄はひと晩、家を空けたことがあった。

吉蔵はお栄が大川にでも身を投げたのではないかと、ずい分心配したものだ。

翌朝お栄は、由五郎と飲み屋の亭主に支えられるようにしてようやく戻って来た。お栄は酔っていた。由五郎と夜っぴて飲み明かしてしまったという。飲み屋の亭主もそう言っていたので、吉蔵は疑いを持たなかった。

だが、お栄は金次郎を待っていたのだ。にっちもさっちも行かなくなったお栄は、金次郎と駆け落ちの算段をしていたのかも知れない。

金次郎は土壇場になって冷静さを取り戻したのだ。そんなことをしてもどうなるものでもないと。吉蔵は危うい選択をしなかった金次郎に感心した。さすが、は組をしょって立つ男だ。由五郎は金次郎を心底慕っていたから、お栄と一緒になれと言われたら黙って従うだろう。ましてお栄に岡惚れしていたとなれば。

店の外にいた吉蔵には二人の話が所々、聞こえない部分もあったが、今まであやふやだったものが、いっぺんに合点がいった気がした。そうか、そういうことだったのかと。お栄が突然、由五郎と一緒になると言ったのは、そういう訳だったのだ。

「だったら、もう四の五の言わないどくれ。この次生まれた時は一緒になろうぜなんて、そんなお為《ため》ごかし、あたしはたくさんだ」

お栄が洟《はな》を啜《すす》りながら続ける。

「おれは本当の気持ちを言ってるだけよ。お前ェが由五郎と別れる気持ちがあるなら、おれだって、おけいと別れたっていいんだぜ」

おいおい、とんでもねェことを言うな。言うに事欠いて、何んだ、手前ェら。

吉蔵は今度こそ、店に踏み込もうと奥歯を嚙《か》み締めた。

と、その時、頭の上で半鐘の音がした。途端、金次郎が店から飛び出し、吉蔵と鉢合わせになった。金次郎は少し驚いた顔をしたが、「お、叔父貴、摺《す》り半鐘だ。火事場は近いぜ」と早口に言って、至近距離の火事であることを伝えた。

「早く仕度しやがれ」

吉蔵は怒鳴った。金次郎は堀留にとって返した。吉蔵も大伝馬町の家に向かって駆け出した。

「お父っつぁん、お父っつぁん」

後ろからお栄が追い掛けて来た。

「ぐずぐずするない。由五郎がいらついているぜ」

「わかった」

お栄は素直に肯《うなず》くと、着物の前がはだけるのも構わず、吉蔵の先に立って走った。

家に辿《たど》り着くと、由五郎が早くも纏《まとい》を持って飛び出すところだった。気が立ってい
た由五郎はお栄の横面《よこつら》をいきなり張った。

「ぼやぼやしやがって。おれが他の組から遅れを取ったら、お前ェのせいだ」

そんな捨て台詞《ぜりふ》を吐いて自身番横の空地に向かう。

「お前さん！」

お春も金切り声を上げて、吉蔵に刺子《さしこ》半纏《ばんてん》を羽織らせた。火事場は堀江《ほりえ》町の油屋と
いうことだった。金次郎の家から近い。金次郎はまっすぐ火事場に廻るつもりだろう。

通りには野次馬が続々と出てきた。は組が徒党を組んで堀江町に向かう頃、もうもう
とした白い煙が夜空を覆《おお》い、火事場に近づくにつれ、それは火の色に変わった。

由五郎が屋根に上がり、違《ちが》い重《がさ》ね源氏車四方《げんじぐるまよも》の纏を振る。平人《ひらびと》は手送りの水や龍吐《りゅうど》

水《すい》を掛けるが、とてもそれでは間に合わない。金次郎は吉蔵に「駄目だな」と確かめるように訊《き》いた。

「んだ、駄目だ」

仕方なくそう応えると、金次郎は「鳶口《とびぐち》！」と鋭く叫んだ。火事場の隣りの家に梯《はし》子《ご》が掛けられ、平人が鳶口を使って建物を壊し始める。

延焼を喰い止めるためだ。両隣りと裏の二軒を壊した頃、油屋はほぼ半分以上が燃え、今しも屋根にまで火が及ぼうとしていた。

「降りろ、由五郎」

危険を察して金次郎は命じた。しかし、由五郎は動こうとしなかった。傍で隣り町を縄張にする「い組」の連中が、風向きが変わったらすぐさま事を起こそうと身構えていたせいもあったろう。あるいは、金次郎に対して意地になっているのか。

土手組の受け役が幕を拡《ひろ》げ始めた。由五郎が落ちても怪我をしないようにするためだ。

金次郎は由五郎の背後からそっと近づき、由五郎の足許《あしもと》を掬《すく》った。由五郎はその拍子に纏ごと落下した。土手組が声を揃《そろ》え、幕を持ち上げる。

どうやら、無事に着地したらしい。吉蔵は安堵《あんど》の吐息をついた。

由五郎は、い組の連中へ聞こえよがしに、「もうちっとふんばるつもりだったによう。兄ィも余計なことをしやがる」と悔しそうに吠《ほ》えた。どうでェ、は組の纏持ちの意地がわかったか、という態度だった。

火はとうとう屋根を焼き、火の粉を散らして崩れ落ちた。野次馬から「豪勢な焚《た》き火だァな」と声が上がった。

「おきゃあがれ！」

金次郎は声のした方に向かって一喝した。

七

「油ってのは回りが早くていけねェなあ」

金八は昨夜の火事を思い出して言う。

「あすこはもう、商売ができねェだろう」

吉蔵も吐息混じりに応《こた》えた。店を丸焼けにされた油屋は商売物の灯り油の入った樽《たる》をすべて灰にしてしまったからだ。

火事で財産をなくし、それから落ちぶれてしまう商家は珍しくなかった。

由五郎と金次郎は、は組の者と後片づけに出ていた。金八は火事場を見てから吉蔵の家にやって来た。

昨夜、火事が起きなければ、お栄と金次郎は、あれからどうしたであろうか。吉蔵は、ぼんやりそんなことを考えていた。まさか、面と向かってお栄にも金次郎にも訊けない。今朝のお栄は、いつものお栄だった。由五郎に向かって「お前さん、おみおつけはおいしいかえ」などと呑気《のんき》に訊いていた。

「ごめんください。頭はいらっしゃいますか」

土間口から太郎左衛門の声が聞こえた。

「また、俄《にわ》か孫が来たぜ」

金八はそんなことを言った。

「俄か孫か。そいつはいいな」

吉蔵も朗らかに応えた。お栄が「お入りなさいな。お父っつぁんも堀留の頭もおりますよ」と言った。

「お邪魔致します。大頭、頭、お早うございます。昨夜は小立《こだ》ちがあったそうですね。拙者はぐっすり寝込んでいて気がつきませんでした。朝になってから母上に聞きました」

太郎左衛門は吉蔵の家に通う内、火消の符牒《ふちよう》を少しずつ覚え、「小立ち」という出動を意味する言葉も気軽に遣う。

「これから暮に掛けて火事が多くなりやすから、坊ちゃんのお屋敷でも、くれぐれも火の用心を心掛けて下さいよ」

吉蔵は念を押した。

「心得ました」

太郎左衛門は殊勝に肯くと、当たり前のような顔で吉蔵と金八の前に座った。

「何んだな、もうふた月も暮らせば今年も終わる。早ェもんだ。おれなんざ、すべった転んだ凍《はな》かんだとやっている内に六十を過ぎちまったような気がするぜ」

金八は煙管《きせる》に火を点《つ》けてそう言った。太郎左衛門が眼を見開いた。

「大頭は、すべった転んだ凍かんだで六十にもなってしまったんですか」

真顔で訊く。

「んだ。吉の字なんざ、右見て左見ている内に五十を過ぎた」

「え、本当ですか、頭」

「………」

お栄が湯呑《ゆのみ》と串《くし》団子を運んで来て、「また伯父さんは、坊ちゃんにいらない知恵をつける」と、文句を言った。

「坊ちゃん。年を取るのは早いというたとえでさァ。ですからね、やっとうでも学問でも、さっさとしなけりゃ時間が足らなくなるんですよ」

吉蔵は嚙んで含めるように言った。

「よっくわかります」

「たろちゃん、何んて素直なんだろう。ああ、かわゆい」

お栄はたまらず太郎左衛門に頰擦りした。

太郎左衛門はくすぐったそうに首を縮めた。

が、笑ったお栄の顔が突然、金縛りに遭《あ》ったように固まった。

「どうした、お栄」

吉蔵は怪訝《けげん》な顔で訊く。

「今、烏《からす》が餌台の上に花を置いた……」

慌《あわ》ててそちらを向くと、なるほど餌台の上に薄紅《うすべに》の山茶花《さざんか》の花がのせられていた。

「花の贈り主は烏だったという訳か」

吉蔵は独り言のように呟《つぶや》いた。

「お栄。お前ェ、鳥に施《ほどこ》しをしたようだから礼に来たんだよ」

金八は、また訳知り顔で言う。

「大頭。鳥は贈り物をするのですか」

太郎左衛門も興味深げに訊いた。

「ああ。鳥は利口だからな。人様のすることは皆、真似《まね》するんだ」

「どうして大頭はそんなことがわかるんですか」

「坊ちゃん。この前も申しやしたでしょう。この頭は、昔、鳥だったって」

吉蔵は冗談混じりに口を挟んだ。

「はい、それはお聞きしました。大頭は、昔、鳥だったんですね」

「んだ、鳥だった……」

金八は仕方なく応える。お栄は馬鹿馬鹿しいやり取りに何も言わず庭へ下りた。餌台の山茶花を手に取り、空を見上げる。それを運んで来た鳥の姿を探しているような表情だった。

「何んにも言わないで花を置いてくなんて、憎い鳥だこと……」

お栄はそう言って、ふっと笑った。山茶花をしみじみ眺めるお栄は、ひどく美しく見えた。

それを親馬鹿と感じた吉蔵は「お栄、茶を淹《い》れ代えっつくんな」と無粋な声で命じた。

つねりゃ紫　喰いつきゃ紅よ

一

年の暮から町火消「は組」は大層な騒ぎとなった。正月の四日には自身番の横の空き地に組の者が勢ぞろいして、町内の人々に梯子《はしご》乗りを披露するのが毎年の慣わしである。

木遣《きや》りをうたい、梯子乗りの技《わざ》を見せる町火消の初出《はつで》(出初式《でぞめしき》)は、江戸の正月の風物詩ともなっている。町火消いろは四十八組は、それぞれの町内で梯子乗りの技を競うのだ。

は組も秋口から鹿次《しかじ》という二十歳の若者が自身番の横の空き地で梯子乗りの稽古《けいこ》をしていた。天気の悪い日は店を閉めた後の湯屋の脱衣場で稽古を行ない、それは一日も欠かさず続けられていた。

最初は丸太を組んで低い梯子から始め、徐々に高さを増していくというやり方だった。

稽古をつけるのは、ついこの間まで梯子乗りで町内を沸かしていた吉蔵の女婿《むすめむこ》の由五郎と、二十代の頃に、やはり梯子乗りの経験がある金次郎、後は古参の組の者だった。

由五郎と金次郎の稽古のつけ方が、少々厳しいとは吉蔵も感じていたが、初めは誰でも怒鳴られ、小突かれて技を覚えるものだ。

それを当たり前と思っていたので、師走《しわす》も半ば、梯子乗りの技も詰めに入った段階で鹿次が突然雲隠れした時は、正直、吉蔵は慌《あわ》てた。一時は、来年の初出に、は組の出番はないものと吉蔵は覚悟した。何しろ、梯子乗りが雲隠れするなど、は組が始まって以来のことだった。

しかし、男気の強い金次郎は承知しなかった。そんなことをした日には、は組の沽《こ》券《けん》に関わるとばかり、すぐさま由五郎に、お前が代わりにやれと命じた。驚いたのは由五郎である。

一年前までやっていたとはいえ、稽古の時間があまりにも足りなかった。勘弁しておくんなさいと頭を下げても、金次郎は、うんと言わなかった。手前ェ、おれの顔を潰《つぶ》すのかと息巻いた。

さあそれから、本業の鳶《とび》職の仕事もうっちゃって、由五郎は夜もろくに眠らず、梯子乗りの稽古に入った。お栄が、「お前さん、ちったァ、お休みよ」と、見かねて口を挟んでも「うるせェ」と応《こた》えるだけで、ろくに言葉も喋《しゃべ》らなかった。

由五郎は疲れと寝不足で眼の周りに青黒い隈《くま》ができた。無理もない。付け焼刃だろうが何んだろうが、とにかく町内の人々の期待を裏切る訳にはいかない。由五郎は、その重圧とも闘っていたのだ。

出初式の歴史は古い。明暦《めいれき》三年（一六五七）の江戸の大火をきっかけに、時の老中、稲葉伊予守《いなばいよのかみ》が定火消《じょうびけし》を率い、上野東照宮で出初式を行なったのは万治《まんじ》二年（一六五九）のことである。それは街が丸焼けとなり、意気消沈していた江戸の人々に大きな希望を与えた。

それから約六十年後の享保《きょうほう》三年（一七一八）、町火消の中でも、出初式が行なわれるようになった。ただし、定火消が出初と呼んだのに対し、町火消は初出と称して区別をつけていた。

四間半の青竹に十四段の檜《ひのき》の小骨（梯子の桟）をつけた梯子を下から十二本の鳶口《とびぐち》で支える。

そこへ一枚半纏《はんてん》、股引《ももひき》、足袋を履き、豆絞りの手拭《てぬぐ》いをきりりと締めた梯子乗りが、威勢よくトントンと登り、一本遠見《いっぽんとおみ》、二本遠見、逆さ大の字、吹流し、谷覗《のぞ》きなどの技を披露する。梯子乗りは道具持ち（纏《まとい》持ち、梯子持ち、刺又《さすまた》持ち）の人足から選ばれる仕来たりだった。

「東風《こち》に吹かれて梯子の上で、江戸のいなせな花が咲く」と歌にもうたわれて、泰平の世の江戸でも大変な人気だった。

由五郎の得意技は背亀《せがめ》と膝八艘《ひざはっそう》と呼ばれるもので、どちらも梯子のてっぺんで行なう頂上技だった。背亀は梯子の一番上の小骨を片手で握り、仰向けになる。膝八艘は小骨に右膝を突き、左手で灰吹《はいふ》きと呼ばれる梯子の先を握り、左足を後ろに伸ばし、右手は前に伸ばすというものだった。頂上技には返り技がつきもので、返り技は頂上技の変型だった。

その他に途中技の谷覗き、横大の字があった。見物人には技の流れをきれいに見せ、しかもドキッと肝を冷やす効果も求められる。

鹿次が雲隠れしてから、正月四日の初出まで、僅《わず》か十日余りの期間だった。

由五郎にとっては大晦日《おおみそか》も元旦もあるものではなかった。ようやく、正月四日のその日を迎えた朝、由五郎はしんみりした顔で女房のお栄に言った。

「おれがよう、足を踏み外して、まっ逆さまに落っこちてもよう、お栄、誰も恨むんじゃねェぞ」

それを聞いたお栄も眼を赤くして、「あいよ」と、殊勝に応え、由五郎に景気よく切り火を打った。

「お父っつぁん、がんばって」

吉蔵の孫のおくみも心配そうに言った。

「おくみ！」

由五郎はおくみを抱き上げ、ぎゅっと抱き締めると、ほろほろと男泣きした。

「ささ、由さん。おめでたい日に涙は禁物だ。さすがは、は組の纏持ちだってとこを見せておくれな」

吉蔵の女房のお春が、由五郎の身体からおくみを引き剝《は》がして言った。

「へい。おっ姑《か》さん、そいじゃ、行って参じやす。頭、お先に」

しゅんと洟《はな》を啜《すす》り、由五郎は平人《ひらびと》に伴われて家を出て行った。空は由五郎の心模様を映したかのように、ぼんやりと曇っていた。

「何んだかなあ……」

由五郎がひと足早く初出の現場に出かけると、吉蔵は赤筋《あかすじ》入りの組の半纏を羽織りながらため息をついた。

「どうしたの、お父っつぁん」

お栄は怪訝《けげん》な顔で訊《き》く。

「由五郎の覚悟ってのもわからねェ訳じゃねェが、どうも芝居掛かって、ぞっとしねェよ」

そう言うと、お栄がぷッと噴いた。

「そうなんだよ。うちの人は大真面目《おおまじめ》だから横から茶々《ちゃちゃ》も入れられないし。落っこちたら、そりゃあ大変なことになるけれど、鳶職の仕事をしていりゃ、もっと危ない目に遭うこともあるじゃないか。うちの人は万事が大袈裟《おおげさ》なのさ。でもまあ、短い日にちで、うちの人はよくがんばったよ。そうだろ、お父っつぁん。無事に初出を終えたら、褒めてやっておくれでないか」

「ああ。そりゃ、ま、そうだ」

吉蔵は娘の言葉に得心して肯《うなず》いた。

「頭！」

土間口で雪駄を履いたところに、太郎左衛門が息を弾ませてやって来た。

年が明けて吉蔵が太郎左衛門の顔を見るのは、それが初めてだった。

「頭、おめでとうございます。おかみさん、大おかみさんもおめでとうございます。本年も何卒《なにとぞ》よろしくお願い申し上げまする」

相変わらず立派な挨拶《あいさつ》をした。

「あい、こちらこそ、よろしく」

お栄とお春の声が重なった。年が明けて四歳になったおくみも、「たろちゃん、おめでとうございます」と、大人びた仕種《しぐさ》で頭を下げた。

「やあ、おくみちゃん。花簪《かんざし》がよくお似合いですよ」

白絣《しろがすり》の着物に小倉《こくら》の袴《はかま》、それに木綿の紋付を重ねた太郎左衛門は如才なくおくみに愛想をした。おくみは、はにかむように笑った。

「坊ちゃん。今日は、は組の初出だ。よろしかったら見てやっておくんなさい」

吉蔵は笑顔で太郎左衛門に言う。

「もちろん、是非にも拝見させていただきます。でも、どうして由五郎さんが梯子乗りをするのですか。確か、稽古をしていたのは鹿次さんだったと思いますけど」

太郎左衛門は腑《ふ》に落ちない表情で誰にともなく訊いた。

「これにはねえ、色々、事情があるんですよ」

お栄が取り繕うように応えた。

「拙者の手習所《てならいどころ》は田所町《たどころちょう》にあるのですが、先生に年末のご挨拶に伺った帰り、鹿次さんが女の人と歩いているのを見ました。拙者は初出が近いのに、梯子乗りの稽古をしなくていいのだろうかと思っておりましたが、結局、由五郎さんがやることになったからなのですね」

太郎左衛門は無邪気に続けた。その途端、お栄の表情が変わった。

「たろちゃん、それは本当のことですか」

「ええ、本当ですよ」

「おっ師匠《しよ》さんの所へ伺ったのは、暮のいつですか」

「確か、三十日だと思います」

「野郎！」

お栄は低い声で男のように毒づいた。

「おかみさん、拙者、何かまずいことを申し上げましたでしょうか」

太郎左衛門は泣きそうな顔で訊いた。すぐに泣きべそを掻《か》くくせがあった。

「ごめんなさいね、たろちゃん。あたしは鹿次に腹を立てているだけだから」

お栄は慌てて言い訳した。

「お栄、初出が終わるまで、そのことは誰にも喋るんじゃねェ」

吉蔵は釘《くぎ》を刺した。そうでもしなければ、組の連中は頭に血を昇らせて鹿次の所へ駆けつけるだろう。ただでさえ、由五郎の気持ちは穏やかでないので、もしかしたら足を滑らせて大事に至らないとも限らなかった。

「あい……」

お栄は渋々応えた。

太郎左衛門は吉蔵と一緒に初出の現場へ向かった。お春が気を利《き》かせて、子供用の組の半纏を太郎左衛門に着せた。その可愛《かわい》らしさと言ったらなかった。おくみが、「あたいの半纏だあ」と、派手に泣き出したのには往生したが。

二

大伝馬町の自身番の空き地には、すでに人垣が二重、三重にできていた。中央には天にそびえるがごとく、四間半の梯子が鳶口に支えられて立っていた。

〽銀のかんざし　伊達《だて》にはささぬ
とけし前髪の　とめにする
洗い髪なら　わらで結んで薄化粧
つげの櫛《くし》　横にさしゃ

わたしゃ　よいよい　よういやなあ
袖《そで》でかくして　あげようとすれば
御部屋の障子が穴だらけ
苦労人なら　察しておくれよ御部屋様
誰しも　恋路はおなじこと

「銀かんざし」という木遣り節《ぶし》がしっとりと流れた。音頭を取る者と、受け声を出す者が交互にうたう。木遣りは鳶職の男達の仕事唄《うた》から起こったものである。家の普請《ふしん》は、本来めでたいことなので、木遣りは縁起のいい唄として人々に受け入れられている。町内で祝言《しゅうげん》があると、吉蔵は木遣りをやってくれと決まって頼まれる。

緊張した顔の由五郎が梯子の前に立つと、見物人から歓声が轟《とどろ》いた。後方に控えている吉蔵と金次郎、それに金次郎の父親の金八に目顔で肯くと、由五郎は軽い足取りで梯子を上って行った。

灰吹きに達すると由五郎は息を調え、片足で身体を支え、右手を目の上にかざし、あたかも遠くを眺めるような恰好《かっこう》をした。一本遠見である。

火の手を確かめるために梯子に乗って遠くを眺めたのが、この技に発展した。

梯子乗りのコツは、あまり器用にやらないことだった。むしろ不器用に見えるぐらいが、技が大きく見える。由五郎はそれを十分心得ているので、最初はゆっくりと慎重に技を披露していた。

(いいぞ)

吉蔵は胸で呟《つぶや》いた。鳶口で梯子を支える者は上を見ない。技に気を取られて力が抜けることもあるからだ。

一本遠見の返り技は二本腹亀《はらがめ》。背亀と反対に灰吹きの上で腹ばいになる恰好だ。膝八艘、爪《つめ》八艘、二本鯱《しゃち》、花ちらし、唐傘《からかさ》と、由五郎は危なげなく技を続けた。頂上技が終わり、梯子を下りる途中も、横大の字、逆さ大の字の大技を見せる。見物人はため息と歓声を交互に上げた。

そして、最後のきめは、小骨の五段目辺りから、とんぼを切って着地した。やんや、やんやの歓声の中、吉蔵は安堵《あんど》の吐息をついた。

と、由五郎が突然、平人の若い者に顎《あご》をしゃくった。五、六人の平人が見物人の中から鹿次を引きずりだした。

間抜けな男である。自分は雲隠れしたくせに、初出の様子が気になって、のこのこ出て来たらしい。

鹿次はそのまま、平人達に囲まれて自身番の中へ連れ込まれた。残った組の者は見物人と手締めして、初出の儀式を終えた。

「頭」

鹿次の様子が気になった太郎左衛門は不安な面持ちで吉蔵を見上げた。

「鹿次さんはどうなるのですか」

「そうさなあ……」

制裁を加えられるのはわかっていたが、太郎左衛門には刺激が強過ぎるような気がした。

「坊ちゃん。鹿次はヤキを入れられやす」

だが、金次郎は何事もない顔で応えた。

「そんな。鹿次さんが可哀想《かわいそう》です」

太郎左衛門は恐ろしそうに顔をこわばらせた。

「いいですかい、坊ちゃん。男が一度引き受けたことは、死んでも果たさなけりゃなりやせん。それが男ってもんです。途中で放り出すくらいなら、最初《はな》から引き受けねェ方がいいんです。鹿次は、手前ェから梯子乗りがしてェと志願したんですぜ。それを反故《ほご》にするなんざ、筋が通りやせん」

「筋ですか、男の道は」

「へい、筋を通すのが大事です」

聞いていた吉蔵は、何んだか足の筋が突っ張りそうな気がした。

見物人が三々五々、空き地から去って行くにつれ、自身番から聞こえる悲鳴は大きくなっていった。吉蔵はこれから鹿次の仔細《しさい》を聞かなければならない。しかし、太郎左衛門を自身番に連れて行く訳にはいかなかった。

吉蔵はおくみの手を引いているお栄の姿を見つけると「お栄、坊ちゃんと先に帰っててくんな。おれは鹿次の様子を見てくる」と、言った。

「逆さ大の字になった時、うちの人の目つきが変わったんだよ。どうしたんだろうと思っていたのさ。うちの人は梯子の上から鹿次を見つけたんだ」

お栄は訳知り顔で吉蔵に応《こた》えた。

「結構、由五郎にゃ、余裕があったじゃねェか。昨日までは怖気《おじけ》づいていたくせによ」

「本当だね。でも、無事に終わってほっとしたよ。お父っつぁん、あんまり鹿次を痛めつけないでと、うちの人に言っておくれ。何しろ、まだ二十歳だ。右も左もわかりゃしない」

くりと肯いた。

「そいじゃ、たろちゃん、先に帰ってお餅《もち》でも食べましょう」

太郎左衛門は吉蔵と一緒にいたいような表情だったが、餅に誘われてようやく、こくりと肯いた。

自身番に入ると、鹿次はすでにボコボコに殴られて人相もなかった。

「そのぐらいでやめておけ」

吉蔵は低い声で制した。

「叔父貴《おじき》、こいつは女と逢引《あいびき》するために稽古をずるけていたんだ。その内に体裁が悪くなって、トンズラしたって寸法よ。太てェ野郎だ」

金次郎は不愉快そうに吐き捨てた。

由五郎はなぜか、声を荒らげることもなく、静かに鹿次を見つめている。梯子乗りを無事に終え、鹿次に対する怒りよりも満足感が勝っていたのだろう。

狭い自身番小屋は男達の熱気でむんむんしていた。

早めに切り上げて酒肴《しゅこう》の用意をしなければならない。大家も地廻《じまわ》りの岡っ引きも、やきもきしている様子だった。

「煮るなり焼くなり、好きにしろィ！」

鹿次は自棄《やけ》になって吼《ほ》えた。金次郎の鉄拳《てっけん》が容赦もなく顎に炸裂《さくれつ》した。鹿次は呻《うめ》いて、身体が前のめりになる。それを平人二人が、ぐいっと持ち上げる。

「鹿次よう、お前ェ、その女と一緒になりてェのか」

吉蔵が訊くと、鹿次の眼の力が僅《わず》かに弱まり、子供のように、こくりと肯いた。

「叔父貴。こいつがのぼせるようなことは訊かねェでくんな。相手は鹿次の女房になるような女じゃねェ。七つも年上で、しかも亭主を二人も換えている女だ」

金次郎の語気は荒い。心底、肝が焼けているという顔だ。

「お職《しょく》（顔役）。お職がそんな口を利けるのけェ？　お職は夫婦約束していたお栄さんを振って、今のおかみさんと一緒になった。おれは、そんな情《じょう》なしのお職から意見される覚えはねェ。七つ年上だろうが、亭主を二人も換えていようが、そんなこたァ、構わねェ。真実、惚《ほ》れちまったから、梯子乗りの稽古もうっちゃって、あいつの傍にいただけだ」

鹿次は悲鳴のような声で叫んだ。普段なら、若頭とか、兄さんと呼び掛けるのに、その時ばかりは「お職」と、金次郎の組での地位を強調した言い方をした。は組は金八が一老、吉蔵が二老、金次郎はお職である。三人とも組の頭だった。金次郎は鹿次の物言いになおさら腹を立て、刺又《さすまた》に手を伸ばした。素手では埒《らち》が明かないと思ったらしい。

その時、由五郎が金次郎の前に立ちはだかり、「兄ィ、もう勘弁してやってくれ」と言った。

「いいや、勘弁ならねェ」

「鹿次の始末をつけたのは、おれだぜ。おれがいいと言ってるんだから、もうそれでいいじゃねェか。これ以上、刻《とき》を喰えば、めでてェ酒の味がまずくならァ。どうだ、皆んな」

由五郎が周りの男達に相槌《あいづち》を求めると、男達は金次郎の顔色を窺《うかが》いながら肯いた。

「よし、これで決まりだ」

そう言ってから、由五郎はおもむろに鹿次の前に向き直った。

「お前ェ、うちの奴のことで兄ィの弱みを衝《つ》いたつもりだろうが、そいつは、おれに対しても当てつけたことになるんだぜ。そいじゃ何かい、おれは兄ィが振った女と一緒になったってことかい？」

鹿次は途端に言葉に窮して俯《うつむ》いた。

「そんなこたァ、口が裂けても言えねェはずだ。外聞《がいぶん》が悪りィというものだ。済んだこたァ、四の五の言うもんじゃねェよ。ところで、お前ェはおれに大きな借りを作っちまった。さあ、この借りはいつ返してくれるのよ」

「…………」

「鹿次、訊《き》いているんだぜ」

由五郎は鹿次に返事を急《せ》かした。

「来年の初出にゃ……」

鹿次は、ぼそぼそと言う。

「初出にゃ？」

「立派に……梯子乗りをして見せやす」

自身番にいた者は一斉に吐息をついた。

「よく言った。その言葉を忘れんなよ。なら、明日から組に出て、遅れを取った仕事をしろィ！」

由五郎は見事にけりをつけた。吉蔵は内心で、鹿次を組から放り出すのも仕方がないと思っていたので、由五郎の言葉に心底、ほっとした。由五郎から許しが出ると、組の若い者は、すばやく鹿次の傷の手当てに掛かった。

それから仕置場は酒宴の場に早変わりした。

自身番の中に組の者はすべて入り切れないので、下っ端は表に茣蓙《ござ》を拡《ひろ》げ、そこで酒を注《つ》ぎ合い、仕出屋から取り寄せた料理を摘まむ。酒も料理も町内の掛かりで賄《まかな》われている。

「何んだな、鹿次は稽古もうっちゃるぐらいだから、よほど敵はいい女なんだろうなあ」

金八はほろりと酒に酔って言う。

「とんでもねェ、御大《おんたい》。鹿次の女はおさだと言いやして、相撲取りみてェな体格の女ですぜ。お面《めん》だってお世辞にもいいとは言えやせん。ですが、面倒見は、やけにいいと評判だ。鹿次は餓鬼の頃に母親が男を作って逃げちまってるんで、おさだに優しくされて、ほだされたんでしょう」

大伝馬町界隈《かいわい》を縄張にする岡っ引きの磯助《いそすけ》が口を挟んだ。小柄だが、やけに毛深い質《たち》の男である。それに酒のせいなのか鼻がいつも赤い。赤鼻とか赤鬼とか呼ばれている。

「おさだは世話を焼き過ぎて亭主に煙たがられ、挙句に出て行かれたんですよ。考えてみたら気の毒な女ですよ」

大家の又兵衛《またべえ》も言い添える。又兵衛は、以前は両替屋の番頭をしていた男である。

金勘定はお手の物だった。町内の行事の掛かりも、きっちり計算して不足を出すことはない。安心して任せられる反面、余分に色をつけることもしない。

仕出屋から取り寄せる料理も値段と首っ引きで、ようやく決める。は組の酒宴は、よその組よりかなり質素だ。若い者の中には、時々、不満の声も出る。だが又兵衛は、先のことも考えず大盤振る舞いして、ついには金に詰まった町火消の組の例を持ち出し、決して自分のやり方を曲げなかった。

「ま、つねりゃ紫、喰いつきゃ紅《べに》よと、色を鍛《きた》えるのも男の道よ」

金八が鷹揚《おうよう》に言うと、周りにいた者は下卑《げび》た笑いを洩《も》らした。

「つねりゃ紫、喰いつきゃ紅よ、か……」

吉蔵は金八の言葉を鸚鵡《おうむ》返しに呟いた。

おさだに腕をつねられ、脂下《やにさ》がった鹿次の顔より、吉蔵にはお栄の顔がふっと浮かんでいた。お栄が金次郎とのことを笑い話に紛らわすようになるまで、まだまだ時間が掛かりそうな気がした。若さとは厄介なものだと、吉蔵はしみじみ思う。

由五郎と差しつ差されつしている金次郎は、男盛りの真《ま》っ只中《ただなか》だ。これから当分、胸に抱える思いを静めるのに娘が苦労するのかと思えば、吉蔵はお栄が不憫《ふびん》に思えて仕方がなかった。

三

お栄は一日おきぐらいにこけし屋に通っていた。

お栄の顔を見ることで、お勝の気持ちに張りが出たのか、この頃はずい分、しっかりしてきたようだとお栄はお春に言っていた。

こけし屋にいる時は、お栄も店番をする。糸や針、化粧道具、桜紙に浅草紙、種々雑多な小間物を狭い店に溢《あふ》れんばかりに並べていた。

お栄は品物の値段をすっかり覚えてしまった。お勝が逆に、「お栄ちゃん、この櫛《くし》、幾らだったっけ」と、訊くほどだった。

その日も、お勝が湯屋に行っている間、お栄は店番をした。商売というものを今までしたことがなかったので、品物を売り、金を受け取ることが、お栄にはおもしろかった。

「下さいな」

暖簾《のれん》を引き上げて入って来たのは、二十四、五の粋な女だった。お栄はその女の顔を見て、「あっ」と、声を上げた。

お栄の声に、女もまじまじとお栄を見つめた。

「お栄ちゃん……」

細縞《ほそじま》の着物に鯨帯、更紗《さらさ》の前垂れをした女も細い声で言った。

「やっぱり、おくらちゃんだ。すぐにわかった。だって、昔と全然変わっちゃいないのだもの」

おくらは、子供の頃、お栄と手習所に一緒に通っていた娘だった。父親は指物師《さしものし》をしていた。十二になった時、おくらは商家に女中奉公するために手習所をやめた。それから一度も会っていなかった。痩《や》せておとなしい娘だった。年を取ると体型が変わったりして、昔の面影がなくなる者もいるが、おくらは昔とさほど変わりがなかった。

「お栄ちゃんは、このお店にお嫁に来たの？」

「ううん、ここはおっ母さんの友達の店なの。独り暮らしだから、手が足りなくて、それであたしが時々、手伝っているの」

「そうよねえ。確かお栄ちゃん、一人娘だったから、お嫁には行かず、お婿《むこ》さんを取るんだろうと思っていたの。やっぱりそう？」

おくらはお栄の丸髷《まるまげ》にそっと目をやって言う。

「ええ。組の人と一緒になったのよ」

「お子さんは？」

「娘が一人。四つになるんですよ」

「よかったこと」

そう言ったおくらの横顔に寂しそうな影が差したとお栄は思った。

「それで、おくらちゃんは、この近所に引っ越して来たの？」

「ええ、近所と言えば近所だけど、今日は、たまたま、ここを通り掛かっただけ。木綿糸を切らしたのを思い出して……」

「木綿糸ね。黒？　それとも白？」

「黒を。あまり太くないのを」

「はいはい」

お栄は黒の木綿糸を差し出した。おくらは帯に挟んでいた紙入れを取り出した。紙入れも、それについている珊瑚《さんご》の根付けも大層高価そうに見えた。

お栄は、もっとおくらと話をしたかったが、おくらは急いでいるようなそぶりでもあった。

「おくらちゃん、たまに家に寄って。場所はわかっているでしょう？」

「ええ……お栄ちゃん、あたし、今、伊勢《いせ》町に住んでいるの」

「あら、本当に近くじゃないの」

お栄の声が弾んだ。

「十日と二十日は都合が悪いけど、それ以外だったら構わないから、お嬢ちゃんを連れて遊びに来て。道浄橋《どうじょうばし》の傍にある小さな家よ。土間口の前に万年青《おもと》の鉢をたくさん置いてるから、すぐにわかると思うけど」

「ええ、わかった。積もる話をしましょうよ。あたしも、おくらちゃんに聞いて貰《もら》いたいことがあるし」

「さあ、あたしなんかでいいのかしら」

おくらはそんなことを言う。

「何言ってるの。子供の頃は何んでも話した仲じゃないの」

「そうね。子供の頃は何んでも話したものね」

おくらは遠くを眺める眼になった。

おくらは今どうして暮らしているのか、その時は詳しいことは訊けなかった。ただ、おくらの寂し気な表情が妙にお栄の心に残った。

こけし屋から帰ると、お栄はさっそくお春に、おくらと会った話をした。

「指物師の捨蔵《すてぞう》さんの娘だったねえ。捨蔵さんはおくらちゃんが醬油《しょうゆ》問屋に奉公に出た翌年、中風《ちゅうぶう》で倒れたんだよ。おくらちゃんの下に三人もきょうだいがいたはずだ。捨蔵さんのおかみさんは亭主の看病と子供の世話で働けないし、おくらちゃんの貰《もら》う物だけに頼るようになったのさ」

お春はため息混じりにおくらの当時の事情を話してくれた。

「だって、女中の給金なんざ、高が知れているじゃないか」

「ああそうさ。それでおくらちゃんは浅草広小路の水茶屋から茶酌女《ちゃくみむすめ》に出たんだ」

「おくらちゃん、きれいだったから」

「そこで何年働いたかねえ。確か二十歳過ぎまで勤めていたはずだ。だけど、水茶屋ってのは男の目につきやすい所だから、何んでも材木問屋の主《あるじ》が大層、あの娘にご執心で、とうとう囲ったそうだ。捨蔵さんはそれを聞いて涙をこぼしたって。娘を妾《めかけ》にして、ご先祖様に申し訳ないってさ。あたしゃ、捨蔵さんの気持ちが痛いほどわかったよ。捨蔵さんは、泣きながら死んだんだよ」

「気の毒に。おくらちゃんは、今、伊勢町に住んでいると言っていたよ」

「もとは本所にいたらしい。近所の口がうるさいんで、こっちへ越して来たんだろう」

「おくらちゃんのおっ母さんと下のきょうだいはどうしているの」

「おかみさんは一番下の息子と暮らしているよ」

「それじゃ、おくらちゃんは、もう人の世話にならなくても、自分で働いて暮らして行けるじゃないの」

「お栄。おくらちゃんの悪口は言いたくないが、一度、妾奉公してしまうと、堅気《かたぎ》の商売なんざ、ばかばかしくてやっていられないのさ」

「そんなもんかしら」

「そんなもんだよ。遊びに来いと言ってるんだから、行ったらいいよ。ただし、おくみは連れていかないどくれ」

お春は孫のためによくないと、ぴしりと釘《くぎ》を刺した。

おくらが十日と二十日は、都合が悪いと言ったのは、旦那《だんな》が来る日だからなのだろう。行こうか行くまいか、お栄はそれから、ずい分悩んだ。

四

お栄は結局、おくらを訪ねる気になり、一月の晦日《みそか》近くに伊勢町へ出かけた。

江戸は、陽射《ひざ》しがすっかり春めいていた。

この様子では梅の開花も始まっているだろう。湯島天神の白梅を眺めに金次郎と行ったのは、お栄が十七の時だった。その時、金次郎は十歳年上だから、二十七だった。子供扱いされるのが癪《しゃく》で、お栄は精一杯、大人ぶっていたが、あの時の白梅のはかない色は今でも覚えている。日暮れて、辺りの景色がぼんやり見える頃、金次郎はそっとお栄の口を吸った。お栄の胸は早鐘のように高鳴ったものだ。

「へん、存外、うぶじゃねェか」

金次郎は口の端を歪《ゆが》めて笑った。その後でお栄が泣いたからだ。

「でェじょうぶだ、お栄。おれはお前ェを女房にする気でいるからよう。何も泣くこたァ、ねェんだぜ」

金次郎は優しくお栄を抱き締めてくれた。

兄さんはあたしに嘘《うそ》をついた。あれから兄さんはおけいさんと深間《ふかま》になり、あろうことか子までできた。兄さんの息子の金作《きんさく》は、おくみより二つ上の六つ。今年は、手習所へ通う年だ。

金作は、金次郎とは似ても似つかない引っ込み思案の男の子だ。そのくせ、いつもお栄を敵《かたき》のように見る。

おおかた、おけいは自分のことを、あれこれ金作に吹き込んでいるのだろう。

金作とおくみを一緒にさせたらどうかという人もいるが、お栄は真っ平だった。

物思いに耽《ふけ》りながら、お栄の足は道浄橋まで来ていた。道浄橋は鉤型《かぎがた》の堀の角に架る橋で、堀は日本橋川に続いている。

手土産は豆大福にした。それは、おくらの好物だった。きっと、おくらは喜んでくれるだろう。

道浄橋を渡り、おくらの家らしいのを探したが、これがさっぱり見つからない。

土間口の前に万年青の鉢を並べているから、すぐにわかるとおくらは言ったのだが。きょろきょろと通りを行ったり来たりしてみたが、さっぱり埒《らち》が明かなかった。

「もし、何かお探しですか」

お栄の様子を見かねて、表通りに暖簾を出していた袋物屋のおかみらしいのが声を掛けた。薄紫の鮫《さめ》小紋の着物に藍《あい》色の前垂れをつけた上品な女だった。年は三十三、四ぐらいだろうか。

「畏《おそ》れ入ります、おかみさん。この辺りでおくらという人をご存じありませんか」

お栄は小腰を屈《かが》めてから訊《き》いた。

「おくらさん？」

「あたしと同い年で、子供の頃からの友達なんですよ。こっちに越して来てから、まだそんなに日は経《た》っていないはずですが」

「ああ、それなら……」

女は自分の店から二軒隣りにある細い路地を教えてくれた。おくらの名前は知らない様子だったが、それらしい女が路地の奥にある家に引っ越して来たという。

「滅多にお出かけにならない方なので、何をしているお人だろうかと思っておりましたけれど。時々、旦那さんらしい方がお見えになるようですよ」

女はおくらの事情をそれとなく察しているような口ぶりだった。

「おかみさん、お世話様でございます。助かりました」

お栄は礼を言って路地に向かった。女はお栄の背中をしばらく見送っていた様子だった。

表通りは燦々《さんさん》と陽が射していたのに、その路地に入ると、陽射しは翳《かげ》った。半間ほどの幅の路地は突き当たりの小さな一軒家まで続いていた。

両側は商家の壁である。右側の壁が途切れた所から生垣になっていて、それはおくらの家の狭い庭を囲む形になっていた。

確かに表戸の前には万年青の鉢が置いてあった。花をつける鉢は一つもない。路地の奥の万年青は、そのままおくらの今の暮らしを象徴しているようにも思えた。しかし、家の佇《たたず》まいはこざっぱりしている。さすがに材木問屋が見つけた家だと、お栄は妙なところに感心していた。

生垣から縁側が見えた。縁側の突き当たりが厠《かわや》になるようだ。湿った臭《にお》いが微《かす》かにした。

白い障子は閉じられている。暖かいとはいっても、まだ一月だ。障子を開け放つ季節でもない。物音がしないのは留守なのだろうか。いや、出かけるなら戸締りをするだろう。

その日は三十日だから、旦那はやって来ないはずだったが、お栄はなぜか気後れを覚えた。その家がお栄の訪問を拒んでいるようにも感じられた。

突然、がたぴしと音がして障子が開けられた時、お栄は思わずしゃがんで姿を隠した。

「旦那。この中《じゅう》から、障子の建て付けが悪いと申し上げてるのに、さっぱりでござんすねえ」

おくらの口調は丁寧だが、嫌味な響きが感じられた。やはり、旦那が来ているらしい。

表から声を掛けなくてよかったと、お栄はつくづく思った。一月は、商家の主なら何かと野暮用も多い。旦那は約束の日に来られなくて、その日、おくらを訪れたのだろう。

「それに、ここには鶯《うぐいす》がやって来るとおっしゃっていましたのに、それも当てが外れましたねえ」

おくらは続ける。

「鶯はまだ早いだろう。来月までお待ちよ。おくら、寒いよ。障子を閉めておくれ」

媚《こび》を含んだ胴間《どうま》声《ごえ》が低く聞こえた。おくらはそれでも、障子に凭《もた》れて庭を見るでもなく見ている。どこか気の抜けた表情だった。

「おくら」

業を煮やした旦那が出て来た。顔はわからない。お栄に背中を向けた恰好《かっこう》だったからだ。

だが、羽織の襟から覗《のぞ》いた猪首《いくび》は浅黒く、白髪一本もない髪はたっぷりとした量があった。旦那の年は四十前後か。男盛り、仕事盛りだから、女房一人では間に合わないということなのだろうか。

旦那が何か囁《ささや》くと、おくらは低い笑い声を洩らした。だが次の瞬間、旦那の手はおくらの着物の前を割り、深々と奥に差し入れられた。お栄は驚きで、危うく声を上げそうになった。

お栄も人の女房であり、子供を産んだこともあるから、いまさら何も知らないとは言わないが、夫婦のひめごととは、およそかけ離れた大胆な仕種《しぐさ》だった。男と女の生《なま》の姿を見せられたようで肝が冷えた。

おくらと旦那は笑いながら部屋の中へ入り、建て付けの悪い障子は耳障《みみざわ》りな音を立てて閉じられた。

お栄はしゃがんだまま、息を調えた。持って来た豆大福をどうしようかと思った。このまま、持って帰ろうかとも思ったが、ふと、生垣に小さな枝折《しお》り戸《ど》がついているのに気づいた。

お栄は、そっと中へ入り、縁側に豆大福の包みを置いた。中からは、さわさわと衣《きぬ》擦《ず》れの音がした。

お栄は急ぎ足で路地に戻り、そのまま表通りまで小走りに駆けた。訳のわからない悲しみにお栄は襲われていた。

(男なんて、男なんて)

お栄は胸で毒づく。涙が自然に頬を濡《ぬ》らした。おくらの家は二度と訪ねまい。お栄は、そう思った。

「お、お栄、どうしたい」

堀留《ほりどめ》の近くを歩いていると、家から出て来た金次郎と、ばったり出くわした。

「何んでもないよ」

そのまま、やり過ごして先を急いだつもりが、金次郎の長い腕はすっと伸びて、お栄の手首を摑《つか》んだ。

「泣いてるじゃねェか。何かあったのか」

「何んでもないったら！」

叫んだ途端、盛大に涙が溢《あふ》れた。金次郎はお栄の顔をまじまじと見ると、「こう、こっちへ来な」と、大伝馬町の自身番へ促した。

自身番では又兵衛が書役《かきやく》と話をしているところだった。

「おや、若頭、どうしました。それにお栄さんまで」

又兵衛は怪訝《けげん》な表情で訊く。

「お栄の奴、通りを泣きながら歩いていやがったのよ。このまま帰ったら叔父貴が心配する。その前にちょいと仔細《しさい》を聞いときてェと思ってな」

「それはそれは。そいじゃ、わたし等はお邪魔でしょうから、さっさと退散しますよ」

「親分はどこ行った、大家さん」

「見廻りですよ。夕方には戻るでしょう。お栄さん、何があったか知らないが、元気を出すんですよ」

又兵衛の慰めの言葉に、お栄は袖《そで》で口許《くちもと》を覆《おお》ったまま、こくりと肯《うなず》いた。

誰もいなくなると、金次郎は器用な手つきで茶を淹《い》れた。

「飲みな。落ち着くぜ」

「ありがとうございます」

「おっと、今日のお栄は、やけにしおらしいぜ。その様子じゃ、相当にこたえているようだな」

お栄は黙って茶を飲んだ。

「さて、どこから話して貰《もら》おうか」

「兄さんに言っても始まらないよ」

「おっと、これだ。それを言っちゃ、お仕舞いよ。これでもお前ェのことは、いつも気に掛けているんだぜ」

「へえ、それはおかたじけ」

「お栄、真面目《まじめ》な話をしているんだぜ」

「今でもあたしに惚《ほ》れているって？」

「おうよ」

「真実、惚れた女はあたしだけ？」

「おうよ」

「へえ。それなら、どうしておけいさんと深間になったんだろうねえ。あたしにはそこが謎《なぞ》なのさ。兄さんだって、おけいさんを押し倒す時にゃ、甘い言葉の一つも囁いたはずだ。おけい、おれはお前ェに惚れているんだ。だからな、いいだろうってね」

金次郎はお栄の言葉に、照れ臭そうに鼻を鳴らした。

「きついことを言う女だ。男はなあ、どうしようもねェもんなんだ。どうにも身体が疼《うず》いて仕方がねェ時があるのよ。お前ェには祝言《しゅうげん》挙げるまで手を出しちゃならねェと肝に銘じていたからよ」

「おけいさんは、あたしの代わりだってこと？　おかしいったらありゃしない。あたしの代わりに、おけいさんは、おかみさんにまで納まっちまった……」

お栄は自嘲《じちょう》気味に笑った。

「だがよ。時々思うぜ。もしもお栄がおれの女房になったら、おれはお前ェに対する気持ちを、こうまで持ち続けたろうかってな」

「……………」

「きっと、おれの代わりに由五郎が切ねェ思いをする。これでよかったんだって思ってもいる」

「兄さん、それは理屈だ。兄さんは自分が勝手にしたことを都合のいいように思いたがっているだけさ。あたしは兄さんがおけいさんと一緒になると聞かされた時は、いっそ、兄さんが死ねばいいと思った。兄さんが死ねば、あたしは自分の気持ちに諦《あきら》めがつけられるもの」

「おれが死ねばよかったってか？」

金次郎は、そう言ったお栄を寂しそうに見つめた。

「ごめん……ひどいことを言っちまった」

お栄はすぐに後悔した。

「心配すんな。おれは多分、お前ェより先に死ぬはずだからよ」

「こんなことを喋《しゃべ》っててもしょうがない。兄さん、あたしは帰るよ」

お栄は腰を浮かした。金次郎に怒りをぶつけたことで、不思議に気持ちは落ち着いていた。

「ところで、お前ェが泣くほど胸を痛めた理由は何よ」

金次郎におくらと旦那のことを話すつもりはなかった。口が腐ってしまいそうだった。

「男と女はさあ……」

「うん」

「切ないねえ」

「……………」

「ありがと、兄さん。あたし、もう大丈夫だから」

お栄はわざと元気よく言った。

「そうけェ。そりゃよかった。おれも安心したぜ」

金次郎は、ようやくいつもの笑顔を見せた。

五

家に戻ると太郎左衛門が来ていた。

お春は太郎左衛門の足に軟膏《なんこう》を塗っていた。

「お帰り。早かったね。あたしはまた、晩御飯でもよばれて遅くなるんだと思っていたよ。おくらちゃん、元気だった？」

「ええ……あら、たろちゃん、どうしたの。怪我でもしたの」

お栄は太郎左衛門の様子を心配した。

「おかみさん。拙者は寒稽古《かんげいこ》に出てしもやけになってしまいました。それで大おかみさんに薬をつけて貰っておりました」

「まあ、それは大変でしたね」

「鏡開きの日に寒稽古が行なわれたのですが、その日はとても寒くて、雪が降りました。拙者は雪の上で裸足になって稽古したのです。もう、足が冷たくて冷たくて、泣きながら稽古致しました」

太郎左衛門は大袈裟《おおげさ》に言う。傍で吉蔵が苦笑した。

「坊ちゃん、坊ちゃんばかりが辛《つれ》ェ思いをしなすった訳じゃねェでしょう。お弟子は皆、同じはずだ」

「ですけど、雪の上ですよ」

太郎左衛門は雪の上を強調する。

「たろちゃん。おっ師匠《しよ》さんのお嬢さん、何んというお名前でしたっけ」

お栄はふと思い出したように訊《き》いた。

「琴江《ことえ》さんですか」

「そうそう、琴江さんね。そのお嬢さんも寒稽古をなすったのでしょう？」

「はい、そうです」

「お嬢さんは、しもやけにはならなかったのですか」

すると、太郎左衛門はにっこりと笑い、「琴江さんも、しもやけになりました」と、嬉《うれ》しそうに応《こた》えた。

「とても痒《かゆ》がっておりまして、拙者は時々、足の小指のところを掻《か》いて差し上げます。琴江さんは、とても喜びます」

お栄は吉蔵と顔を見合わせて含み笑いした。

「お栄、代わっておくれ。あたしは台所をしなきゃならない」

お春は軟膏の入った貝殻の容《い》れ物をお栄に渡して言った。

「あいよ」

お栄はお春の代わりに太郎左衛門の前に座った。ふっくらと肉のついた足は、なるほど、小指の部分が赤くなっていた。

「ねえ、たろちゃん。たろちゃんはお嬢さんがお好きなんですね」

軟膏を擦り込みながら訊くと、太郎左衛門は驚いた表情になり、「おかみさんは、どうしてわかるのですか」と、言った。

「わかりますとも。好きじゃなかったら足の指なんざ、掻いて差し上げませんよ」

「それもそうですね。庄之介《しょうのすけ》の足だったら、蹴飛《けと》ばしてやります」

「庄之介って？」

「拙者をいつも馬鹿にする奴です。泣き虫だの、意気地なしなどと」

「まあ、それはそれは」

「坊ちゃん。どこの世界にも気に入らねェ奴は必ずいるもんです。自棄《やけ》にならねェでおくんなさいよ」

吉蔵は心配そうに口を挟んだ。

「はい、頭。それは十分、心得ております」

聞き分けのよい返答に吉蔵は満足そうに肯いた。

「さて、これでよござんす。足袋を履いて下さいまし」

お栄は軟膏を塗り終えて言った。

「ありがとうございます、おかみさん」

太郎左衛門は畏《かしこ》まって頭を下げた。

「何んだな、坊ちゃんぐれェの年から様子のいい娘には気を惹《ひ》かれるんだなあ」

吉蔵は感慨深い顔で言う。

「お父っつぁん、何考えてるの」

お栄が悪戯《いたずら》っぽい顔で訊く。

「いいや、何も」

「うそ。昔のことを思い出していたんでしょう。あたし、おっ母さんから聞いたことがあるのよ。昔、おっ母さんと一緒になる前、お父っつぁんには、いい人がいたって」

吉蔵は太郎左衛門を気にしてお栄に目配せした。太郎左衛門は正座して、両手で膝《ひざ》頭《がしら》を摑み、じっとお栄と吉蔵の話に耳を傾けている。

「いいじゃないの。たろちゃんだって男の端くれだもの。恋路のことだって、いずれは身に降り掛かってくるというものだ。ねえ？」

「ねえ」

太郎左衛門は無邪気に相槌《あいづち》を打った。

吉蔵が若い頃に思いを寄せていたのは庭師の一人娘だった。娘の家の近くで大工の普《ふ》請《しん》現場の足場掛けをした時、吉蔵はその娘に見初められたのだ。

思えば吉蔵も、その時は十八。粋《いき》でいなせな纏持《まといも》ちだった。江戸の娘達にはキャーキャーと騒がれていた。庭師の娘は美人だった。娘にほだされて吉蔵もいつしか、岡惚れされたと知ると悪い気持ちはしなかった。一時は真剣にその娘と一緒になろうと思い詰めた。だが、娘に夢中になってしまった。

吉蔵の父親は承知しなかった。

「手前ェ、は組を捨てるのか」

父親は赤い眼で吉蔵を睨《にら》んだ。

「義兄《にい》さんがいるじゃねェか」

吉蔵は姉の連れ合いである金八を持ち出した。

「あいつは、おれとは血が繋《つな》がっていねェ」

父親はにべもなく言った。だからどうしたと口を返したかったが、父親が心底、自分を頼っている様子には逆らえなかった。

吉蔵は泣く泣く、その娘と別れた。

「吉さん、あたしと死んで」

娘は切羽詰まった顔で言ったものだ。胸に塊《かたまり》ができた心地がした。縋《すが》る娘を突き飛ばし、後も振り返らずに帰って来たが、その夜の吉蔵は荒れに荒れた。

何も言わず話を聞いてくれたのは金八だった。それから吉蔵は金八に心を開くようになったのだ。

その娘は、ほどなく婿《むこ》を迎えた。

「まあな。長く生きてりゃ色んなこともあるさ。坊ちゃんは、お倖《しあわ》せになっておくんなさいよ」

吉蔵は煙管《きせる》に火を点《つ》けて太郎左衛門に言った。太郎左衛門には苦しい恋路など経験させたくないと思うが、一方、それも男が通らなければならない道の一つかとも思う。

「たろちゃんなら大丈夫よ。妙な相手となんか深間になったりしない。きっと誰しもお似合いだと思えるお嬢さんと祝言を挙げるのよ」

お栄は太鼓判を押す。

「そんなこと、どうしてわかる」

吉蔵は不満顔で言った。

「わかるよ、あたしには。たろちゃんに、どろどろした色恋は似合わないもの」

「拙者、お祖母《ばば》様のお眼鏡に叶《かな》ったお嬢さんと祝言を挙げたいです」

太郎左衛門は、いきなりそんなことを言う。

「ご隠居様のねえ」

吉蔵は感心した声になった。太郎左衛門の祖母は近所の娘達に華道と行儀作法を指南している女だった。

「母上も、お祖母様がこれぞと思われた方だったらしいですが、お祖母様はこっそり拙者に言われました。少々、お眼鏡違いだったと」

眉間《みけん》に皺《しわ》を寄せ、困り顔をして言った太郎左衛門に、吉蔵とお栄は声を上げて笑った。

「さて、長居をしてしまいました。拙者は手習所の宿題がありますので、この辺で失礼致します」

太郎左衛門はいつものように丁寧な礼をして暇《いとま》を告げた。立ち上がって土間口へ向かい、ふと思い出したように、「頭」と振り返った。

「何んですか」

「鹿次さんですけど……」

「へい。鹿次がどうしやした」

「別の女の人と歩いておりました。今度はずっと若い人です」

「………」

「気が変わったのですね」

太郎左衛門は分別臭い表情で続けて帰って行った。

「呆《あき》れたもんだね、鹿次の奴」

お栄は太郎左衛門が飲んだ湯呑《ゆのみ》を片づけながら言う。

「この様子じゃ、来年の初出も当てにできねェ気がしてきた。由五郎にもう一年、ふんばって貰《もら》うか、別の若い者を探さなきゃならねェ」

「そうだねえ」

「鹿次の奴、いつまで、つねりゃ紫、喰いつきゃ紅よ、とやってるんだか」

吉蔵は金八の言い回しを思い出して言う。

「まだまだ当分続くんだろうね」

「全くなあ」

吉蔵は鼻白んだ顔で灰落としに煙管の雁首《がんくび》を打った。

六

おくらのことは、すっかり忘れていたお栄だった。こけし屋のお勝の所には通っていたが、この頃、米沢町《よねざわちょう》の薬種屋に嫁いだ娘が様子を見に来るようになった。お栄は一度、その娘と喧嘩《けんか》しているので、まともに口を利《き》いてはいなかったが、お春には、母親が大層世話になって申し訳ないと、頭を下げたという。亭主とも相談して、いずれ、自分の所にお勝を引き取るような話もしていたらしい。

「そいじゃ、ま、それまで、あたしがしっかり面倒を見るよ」

お栄は幾らか安心する思いでお春に言った。

お勝の物忘れは段々、ひどくなる。財布を家のどこかへ置き忘れて探すなどは日常茶飯事だった。それに小間物問屋へ品物を二重に注文したりする。桜紙ばかり茶箱に二つあってもしようがない。

「小母《おば》さん、問屋に注文する時は、あたしに訊いてからにしてよ」

念を押しても、なかなかその通りにしてくれなかった。まあ、お栄の懐《ふところ》が痛む訳でもなし、お勝がすることだから目を瞑《つぶ》ろうと、お栄は鷹揚《おうよう》に考えることにした。

失禁のくせも治らないので、お栄はお勝をなるべく湯屋へ追い立てる。身体を温めると、お勝の失禁も、やや和らいだからだ。

その日も、お勝が湯屋へ行ってる間に、お栄は茶の間を片づけ、それから品物の整理をした。桜紙、浅草紙は当分、注文しなくてよい。糸と針も同様。流行《はや》り物の安簪《かんざし》と貝細工の櫛《くし》はどうしようかと算段していた。

細い声が聞こえて顔を上げると、おくらが心細い表情で店に入って来た。

「お栄ちゃん」

「おくらちゃん……」

「この間、家まで来てくれたのでしょう？」

「ええ……」

「旦那がいたから遠慮したのね」

「おくらちゃん、お上がりなさいな。お茶でも淹《い》れますから」

「ありがとう」

おくらはそう言って、狭い店座敷に腰を下ろした。

「あたしが何をしている女か、お栄ちゃんは察しているんでしょう？」

お栄は、おくらの問い掛けに応えず、黙って急須《きゅうす》に湯を注いだ。

「仕方がなかったのよ。お父っつぁんは倒れるし、弟や妹はまだ小さかったし」

おくらは言い訳するように続ける。

「わかってる。それはうちのおっ母さんから聞いたから」

「そう。お栄ちゃんのおっ母さん、あたしのこと、あまりよく言ってなかったでしょう？」

おくらはお春を気にした。

「ううん。女中奉公だけじゃ、おくらちゃんの家、とても食べて行かれなかったから、それは仕方がないって」

「水茶屋にいた時、今の旦那と知り合ったの。最初は虫酸《むしず》が走るほどいやだった」

「飲んで」

お栄はそっと湯呑を差し出した。ひょいと頭を下げて、おくらは口に運んだ。

「いやだ、いやだと逃げると、男って追い掛けるものなの。とうとう身動き取れなくなって、旦那の思う通りにするしかなかったのよ」

「でも、今は情が移っているんでしょう？」

「どうかな」

おくらは小首を傾《かし》げた。

「弟さんや妹さんも一人前になって、もう、おくらちゃんを頼らなくてもいいのでしょう？」

「ええ、それはね。でもね、さんざんあたしを当てにしたくせに、今になって妾《めかけ》だの、売女《ばいた》だのと悪態をつくのよ。あたしがどんな思いをしていたか、ちっともわかってくれないの。おっ母さんだってそうよ。外聞が悪いから陽のある内は家に来ないでくれって」

「ひどい」

そこまで聞くと、さすがにお栄も、おくらが気の毒になった。おくらの表情は昔とあまり変わっていないが、どこか気《け》だるいようなものが感じられる。それは、おくらの今の事情を知ったせいだろうか。

「お栄ちゃんはいいわね。ちゃんと堅気のおかみさんに納まっているんだもの」

お栄は曖昧《あいまい》に笑った。おくらの目には、お栄が何不自由のない女に見えるのだろうか。

「あたしも、あれから色々あったのよ」

お栄は視線を膝に落として言った。

「金次郎さんとは一緒になれなかったのね」

おくらは訳知り顔で言った。

「知ってたの？」

お栄は驚いておくらを見た。

「堀留に金次郎さんの家があるのね。あたし、近所だから、時々、金次郎さんを見掛けるの。ますます、いい男になって。さすが、お栄ちゃんが見初めただけの人だ」

「よしてよ」

「おかみさんは小柄で地味な人ね。悪いけど、女ぶりはお栄ちゃんより、ずんと落ちる」

「そう言ってくれるのはおくらちゃんだけ」

「ううん。誰だってそう思う。色々あったって言うけれど、あたしは男の人に思いを掛けたことなんてなかったから、すごくお栄ちゃんが羨《うらや》ましいの」

「おくらちゃん……」

「惚《ほ》れたはれたとやってる内が華よ。あたしみたいになったら、もうお仕舞い」

「おくらちゃん。そんなことない。今からだって堅気のおかみさんになる機会は幾らでもあるはずよ」

「益体《やくたい》もないお愛想は言わないで」

おくらはその時だけ、ぴしりと言った。ぼんやりした眼が底光りした。

「お愛想なんかじゃない。先のことを考えて。お妾さんをしていても、どうなるかわからない。あたしはおくらちゃんに倖《しあわ》せになってほしいのよ。今まで苦労したのだもの。これからは……」

「ごちそうさま」

おくらはお栄の話の腰を折った。

「お栄ちゃん。あたしが倖せじゃないように見えるの？　おあいにく。あたしは滅法界、倖せよ。銭の心配をせずに、毎日、気随気儘《きずいきまま》に暮らしているのよ。これ以上のことがあるかしら」

おくらは皮肉に吐き捨てた。

「昔はなかよしでも、大人になると駄目ね。ちっとも心が通じやしない」

おくらはそう続けて、お栄を小意地悪く睨んだ。

「おくらちゃん。それじゃ、あんたは、あたしとどんな話をしようと思って、ここへ来たの」

お栄は怒りを堪《こら》えて訊いた。

「そりゃあ、おもしろおかしく昔話をするためじゃないの」

「おくらちゃん。あんたの昔話に、それほどおもしろおかしいことがあった？」

「何んですって！」

おくらは顔色を変えた。

「せいぜいが手習所の仲間と馬鹿をやったぐらいじゃないの。あんたは家のために醬油問屋さんへ奉公に出た。あたしの家に、泣きながらお別れを言いに来たじゃないの。それから一遍だって、あたしを訪ねて来たことはない。あたしが兄さんのことで死にたくなるほど悩んでいても、おくらちゃんは傍にいてくれなかった。今のあんたが滅法界倖せで、あたしが堅気のおかみさんで、めでたし、めでたしだなんて、そんな話、あたしはちっともしたくないし、聞きたくもない！」

お栄は涙を浮かべて、おくらに喰って掛かった。

「お栄ちゃん、ごめん……ごめん、お栄ちゃん。あたしが馬鹿だった」

おくらは慌《あわ》ててお栄の手を取った。

「お妾なんてやめて」

お栄は俯《うつむ》いて言った。

「お栄ちゃん、あたし、胸がどきどきしている。何んだろう」

ぼんやりしたおくらの声は、いつの間にか甲高い、はっきりしたものになった。

「おくらちゃん、あたし、おくらちゃんの家には二度と行くまいと決めていたのよ」

「旦那がいたから？」

「ええ。でも、これからは平気で行くつもり。嫌がられても構やしない。おくらちゃんが本当の自分の道を見つけるまで鬼になる」

「おお、こわ」

おくらは大袈裟《おおげさ》に肩を竦《すく》めた。

こけし屋の暖簾《のれん》の外は眩《まぶ》しい陽射《ひざ》しが降っていた。

おくらは妾奉公をやめるとは言わなかったし、お栄も金次郎に対する気持ちにけりをつけようとは思わなかった。

二人はぼんやりと眩しい陽射しに眼をやって、短い吐息をついた。

「桜が咲いたら……」

おくらは独り言のように呟《つぶや》いた。

「お花見に行こう、二人で」

「上野？　向島？」

お栄は花見の場所を訊く。

「向島」

「船で行くのね」

お栄は張り切った声になる。

「そう。うで卵を食べながらお花見するの」

「桜餅《さくらもち》は……」

上目遣いでお栄は訊く。おくらは桜餅が苦手だった。

「いらない」

おくらと同時にお栄は口調を揃《そろ》える。笑い声が弾《はじ》けた。昔の二人にようやく戻ったと、お栄は思った。その気持ちは結構、倖せだった。

ざまァかんかん

一

その年の梅雨は空梅雨で、ろくに雨に降られた覚えもない内に、かんかん照りの夏になった。この様子では稲や畑の作物に影響が出るのではないかと、近所のかみさん連中は心配そうに話している。

冬場に比べて火事は少ないというものの、からから天気がこうも続けば、火が出ると回りは早い。大事には至っていないが、湯屋の釜場《かまば》付近から小火《ぼや》が出たり、裏店《うらだな》のごみ溜《た》めが火を噴いて、慌《あわ》てて消し止めたということがあった。それも、からから天気のせいだろう。

町火消「は組」を受け持つ吉蔵は町内の人々に火の用心を口酸《す》っぱく触れ廻っていた。

それに加えて、は組の若い者が他の組の者と小競《こぜ》り合《あ》いになることが、この頃は多い。

ただでさえ血の気の多い連中が揃《そろ》っている上に、この暑さではいらいらも募《つの》るというものだが、小競り合いは火事場での縄張争いが尾を引いていた。

町火消には縄張があって、たとえば、は組は大伝馬町、堺《さかい》町、小網《こあみ》町、小舟《こぶな》町、小伝馬町、高砂《たかさご》町、富沢町、などの四十六町半を受け持っているが、問題は他の組との境界線に当たる町で火事が起きた場合である。

互いに譲らず、ここはおれ等でやる、お前ェ達はすっこんでいろ、ということになるのだ。

吉蔵は二老という町火消の頭をしているが、どちらかと言うと穏やかな性格である。無闇《むやみ》に意地は通さない。他の組と諍《いさか》いになった時、相手がどうでもここは収めると言えば譲ることの方が多かった。は組の面目よりも火事を消し止めることが先だと考えるからだ。

吉蔵は文化二年（一八〇五）に起きた「め組」の喧嘩《けんか》のことも胸にこたえていた。

今でこそ、その事件は男の意地を賭《か》けた勇ましい話として語られ、芝居の演目にも取り上げられたりするが、実際は鳶《とび》人足が起こしたあさはかな喧嘩に過ぎない。

文化二年二月。芝神明《しばしんめい》境内で勧進相撲の興行が打たれた時、め組の辰五郎と長次郎という二人の男が相撲見物に来ていた。二人は酔っ払った勢いで隣りに座っていた客と諍いになった。

この時、傍を通り掛かった力士、九龍山が仲裁に入ったという。ところが二人は九龍山の言うことを聞かなかったので、九龍山は小屋の若い者に命じて二人を外に摘み出した。

二人はそれから江戸喜三郎の宮芝居の小屋へ入った。

すると、相撲を終えた九龍山が四ツ車という力士を伴って宮芝居の見物にやって来た。辰五郎は胸に一物《いちもつ》あったので、九龍山に仕返しをしてやろうと鳶仲間に声を掛け、とうとう、大喧嘩に発展してしまった。

富士松というめ組の鳶人足が火の見櫓《やぐら》に上り、半鐘を鳴らしたからたまらない。市中の町火消連中は、すわ火事と思って一斉に駆けつけ、騒ぎは、いやが上にも大きくなった。

四ツ車は三間梯子《さんけんばしご》を振り回して屋根の上の鳶人足をなぎ倒すかと思えば、鳶人足も屋根の瓦《かわら》を投げつけて応戦する。四ツ車は頭に傷を負った。

相撲部屋から柏戸宗五郎が駆けつけ、め組からは頭取の善太郎が駆けつけ、ようやく喧嘩は収まったものの、辰五郎は敲《たた》きの上、中追放。長次郎も中追放。九龍山は江戸払いの沙汰《さた》となった。四ツ車は幸い、無罪だった。

九龍山は、売られた喧嘩とはいうものの、乱闘となった際、向かって来た男の匕首《あいくち》を奪い、富士松に傷を負わせた。富士松はそれが元で死んでしまった。お咎《とが》めなしでは済まされなかった訳だ。

短慮なことをしたために一生を棒に振ることもある。吉蔵は、組の連中には喧嘩を禁止していた。だが、それをおもしろくないと考える者も多かった。特に吉蔵の女婿《むすめむこ》由五郎は理不尽な言い掛かりを受けて戻って来た時など、決まって吉蔵に喰って掛かった。

その日もそうだった。

「親父《おやじ》、い組の纏持《まといも》ちは、この間の火事でおれ達が引き上げたことを、火消の風上にも置けねェとほざいたぜ。おれァ、肝が焼けて仕方がなかった。堀留《ほりどめ》の兄《あに》ィが傍にいなかったら殴り飛ばしてやるところだった」

堀留の兄ィとは吉蔵の甥《おい》の金次郎を指していた。

「ほう、よく辛抱したな」

吉蔵は徳利を突き出して由五郎に勧めた。

ちょうど晩飯の時だった。吉蔵は外で滅多に飲まない代わり、家で毎晩、晩酌する男だった。

由五郎は徳利を邪険に払って、「消口《けしぐち》を取らざァ、おれの男が立たねェ」と、怒気を孕《はら》んだ声で応《こた》える。消口を取るとは、いの一番に火事場の屋根に上がり、纏を立てて消火の権利を得ることだった。

吉蔵は由五郎の勢いで危うく徳利の酒をこぼすところだった。ほっと安心すると呑《のん》気《き》な言葉が出た。

「何んでェ、もう立たねェってか？　そりゃ、てェへんだ」

「親父、冗談は大概にしてくれ。おれは真面目《まじめ》な話をしているんだ。このままじゃ、は組は腰抜け呼ばわりされる一方だ」

「お前さん。喧嘩になって番所にしょっ引かれてもいいのかえ。下手すりゃ、両手が後ろに回り、小伝馬町の牢屋《ろうや》入りだ。は組から咎人《とがにん》を出したら事だ。お父っつぁんはそれを心配しているんだよ」

娘のお栄が由五郎を宥《なだ》めるように口を挟んだ。

「女はすっこんでいろ！」

由五郎は却《かえ》って逆上した。孫のおくみが由五郎の剣幕に泣き出した。吉蔵の女房のお春がおくみを手許《てもと》に引き寄せ、抱いてあやした。

「よしよし。心配しなくていいよ」

ところが、すっこんでいろと言われたお栄の眼が三角になった。着物の裾《すそ》を捌《さば》いて片膝《かたひざ》を立てた。お栄が心底腹を立てた時に出る仕種《しぐさ》だ。

案の定、「そうかい、お前さんはそんなに喧嘩がしたいのかい。上等だ。やって貰《もら》おうじゃないか。ただし、ここであたしに三行《みくだ》り半を書き、は組の纏持ちの看板を下ろしておくれな。そうしたら、何をやっても構やしない。おう、お前さんにその覚悟があるんならおやりよ。さあ、さあ」と、凄《すご》んだ。

「何んだとう、このあま！」

由五郎はがつんと一発、お栄の顔を殴った。

お栄は一瞬、よろけて畳に手をついた。殴られた拍子に唇が切れ、血も滲《にじ》んだ。だが、お栄は手の甲でゆっくりと口を拭《ぬぐ》うと、「あら嬉《うれ》しや。い組の連中の代わりに殴られるなんざ、あたしも果報者だ」と、怯《ひる》まなかった。お栄は喧嘩となったら梃子《てこ》でも動かない意地っ張りだ。そうなっては手がつけられない。

「由五郎、いい加減にしねェか。親の前で娘を殴るたァ、どういう了簡《りょうけん》だ」

吉蔵は業を煮やして声を荒らげたが、自然、娘の肩を持つ言い方になる。

「おィ、そいつは悪うござんした。親父の大事な娘に、婿の分際で狼藉《ろうぜき》を働きやした。真っ平、ご勘弁を」

口調は丁寧だが由五郎は皮肉を込めて言う。

「おれのやり方が気に入らねェのなら、お前ェの好きにしろィ。おれはもう何も言わねェ」

吉蔵は憮然《ぶぜん》として猪口《ちょこ》の酒を飲み込んだ。

「くそおもしろくもねェ」

由五郎は立ち上がって土間口へ向かった。

「由さん、どこへ行くつもりだえ」

お春が慌てて後を追う。

「おっ姑《か》さん、構わねェでくんな」

由五郎は捨て台詞《ぜりふ》を残して出て行った。おおかた、なじみの飲み屋でやけ酒を呷《あお》るつもりだろう。

「お栄、唇が切れているよ。軟膏《なんこう》をつけた方がいい」

由五郎が出て行くと、お春はため息混じりに言った。

「あい……」

お栄は気の抜けた顔で応えた。

「お前もどうして黙っていられないんだろうね。あんなこと言ったら、由さんが頭に血を昇らせるばかりだろうに」

お春は泣いているおくみの背中を撫《な》でながら言う。

「だって、うちの人はお父っつぁんの気持ちを、ちっともわかっちゃいないのだもの。あたしは、それが悔しかったのさ。うちの人が勝手なことをすれば、組の若い者が真《ま》似《ね》をする。町内の小僧達だって、それを見て同じことをするだろう。あたしは、この江戸に命知らずの若い者を増やしたくはないのさ」

しんみり言うお栄に吉蔵はぐいっときていた。

「お栄、一杯飲みな。どうせ由五郎は、今晩、帰《け》ェって来ねェだろう。遠慮せずに酔っ払え」

吉蔵は豪気に言った。

「お父っつぁんたら……」

お栄は情けない顔で薄く笑った。

二

由五郎は翌朝戻って来たが、二階の部屋で夕方までふて寝していた。お春が機嫌を取って晩飯には茶の間に下りて来たが、お栄とは口を利《き》かず、眼を合わせようともしなかった。

娘夫婦が二、三日、険悪な状態になるのは、今までもよくあることだった。お春が、放っておき、と言うが、吉蔵はやはり心配だった。こんなことが続いて、もしや夫婦別れにでもなったら、おくみが可哀想《かわいそう》だし、由五郎だって困るだろう。由五郎は幼い時に火事で両親を亡《な》くし、身を寄せる所もなかったからだ。

由五郎は自分の家の火事の後で吉蔵の所にやって来て、「頭、おれを組に入れておくんなさい。おれは火事が心底憎い。盗人《ぬすっと》の取り残しあれど、火事の取り残しなし、とはよく言ったもんです」と、切羽詰まった顔で吉蔵に縋《すが》った。

盗人に入られても家までは盗《と》られないが、火事に遭えばすべてを失う。火事に気をつける諺《ことわざ》だった。おおかた、野次馬でも呟《つぶや》いたのを由五郎は小耳に挟んだのだろう。しかし、それは由五郎の胸に実感を伴って刻まれたのだ。追い返すことはできないと思った。

吉蔵の家は手狭だったので、吉蔵は由五郎を義兄の金八の家に預けた。堀留の家には何人か若い者を置いていた。由五郎一人ぐらいはどうにでもなると思ったからだ。お栄は由五郎に同情して弟のように面倒を見た。由五郎もお栄に優しくされるのが嬉しかったらしい。

大人になるにつれ、由五郎は密《ひそ》かにお栄を慕うようにもなった。だがお栄は金八の息子の金次郎と相惚《あいぼ》れの仲だった。由五郎は実の兄とも慕う金次郎とお栄がそんな仲では、自分の出番はないものと、とうに諦《あきら》めをつけていたのだ。

ところが、金次郎がおけいを女房にすると俄《にわ》かに由五郎の婿入りの話が湧《わ》いた。湧いたというより、それは金次郎の差し金だったらしい。

お栄は由五郎と一緒になってから世話女房ぶりを発揮した。おくみも生まれた。吉蔵にとってもこれ以上のことはなかった。お栄は一人娘だったので、金次郎と一緒になったとしたら、家は吉蔵の代で終わりだったからだ。

だが、お栄の胸の中には今も金次郎がいる。吉蔵は娘の気持ちがよくわかっていた。表向き、お栄と由五郎は似合いの夫婦として暮らしているが、一度、二人がぶつかると収拾に時間が掛かった。それは二人の気持ちの奥底に金次郎の存在があるからだと吉蔵は思っている。

むっつりと晩飯を食べる由五郎に、お栄はいつものように魚の骨を取ってやっていた。

「ご、ごめん下さい」

土間口から遠慮がちな子供の声が聞こえた。

お栄は、「たろちゃんだ。どうしたんだろう、こんな時間に」と、言いながら腰を上げた。

「拙者、家出致しました。どこへも行く所がありません。おかみさん、今晩、泊めて下さい」

切羽詰まったような声でお栄に縋っている。

吉蔵と由五郎は顔を見合わせた。おくみは興味津々《しんしん》の顔になり、お栄の傍に行った。

「とりあえず、お上がりなさいましな。たろちゃんのお話を聞きましょう」

お栄は如才なく太郎左衛門を家の中に招《しょう》じ入れた。

「お食事時に申し訳ありません」

茶の間の様子を眺めて太郎左衛門は慌《あわ》てて頭を下げた。

「いいんですよ、坊ちゃん。晩ご飯は召し上がりました？」

お春は愛想のよい笑顔で訊《き》いた。

「ま、まだです……」

「まあ、それじゃ何もございませんが、召し上がって下さいましな。これ、お栄」

お春に言われ、お栄は慌てて膳《ぜん》の用意をした。余分に焼いていためざしを皿につけ、芋の煮付けと青菜のお浸し、沢庵《たくあん》、それに大根の味噌汁《みそしる》を添えて出した。

太郎左衛門は嬉しそうに顔をほころばせた。

意気消沈してやって来た割に食欲は衰えておらず、太郎左衛門は、ご飯をお代りした。

「坊ちゃん。おっ母さんに叱《しか》られたんですかい」

いつもは愛想をしない由五郎が珍しく太郎左衛門に言葉を掛けた。黙っているのが息苦しくなったのだろう。

「はい、その通りです」

「理由は何んです？」

「あのう、それはお食事中には申し上げられません」

太郎左衛門は行儀よく応えたが、見当のつかない大人達は互いに顔を見合わせて首を傾《かし》げた。

「あたい、わかった。おねしょしたんだろう。それで叱られたんだ」

おくみが訳知り顔で言うと、太郎左衛門は人差指を唇に押し当てて、「しッ！」と制した。おくみの言うことは図星であったらしい。

「何んでェ、そんなこと。家出するほどのことでもねェ。おれは十三まで寝小便していた」

由五郎は埒《らち》もないという表情で笑った。

「本当ですか、由五郎さん」

太郎左衛門は眼を輝かせた。

「おうよ。堀留のおかみさんには叱られたが、向こうの頭は気にするなと言ってくれたよ。兄ィもな、餓鬼の頃はよくやっていたらしいからよ」

「若頭もそうだったんですか」

太郎左衛門は、ほっと安心した表情になった。

「あたいはしないよ。おっ母さんがちゃんと起こしてくれるから」

おくみは得意そうに言った。太郎左衛門はおくみの言葉に、また顔を曇らせた。

「おくみ。たろちゃんは好きでおねしょをする訳じゃないんだ。どうしてもやってしまうのだよ。自分がそうじゃないからって相手を馬鹿にするもんじゃないよ。たろちゃんにできて、お前にできないこともあるだろうに」

お栄が窘《たしな》めると、おくみは半べそをかいた。

「あたい、おねしょなんてしないもの。しないもの……」

「ああ、わかった、わかった。泣かないでおくれ。おくみはいい子だ。それはわかっているよ」

お春はすぐに助け舟を出す。おくみはお春に抱かれて甘え声で泣いた。

「たろちゃん。気の持ちようですよ。絶対しないんだと心に決めたら、大丈夫ですよ」

お栄は太郎左衛門を励ます。由五郎が苦笑して鼻を鳴らした。

「そんなこたァ、坊ちゃんだって先刻承知之助《せんこくしょうちのすけ》よ。それで寝小便が治るなら手間はいらねェや。な、坊ちゃん」

「おっしゃる通りです、由五郎さん」

太郎左衛門が大きく相槌《あいづち》を打つと、由五郎はお栄の顔を得意そうに見た。その顔はおくみとそっくりだった。

「だったら、お前さん。どうしたらいいのか、たろちゃんに、とくと話しておやりよ」

お栄は悔しそうに口を返した。

「寝小便はな、心の奥底にある本心がさせるのよ。いい子ぶっているが、お前ェは、実は泣き虫の寂しがり屋だろうってな」

由五郎はつかの間、遠くを見るような眼になって言った。

「確かに拙者は泣き虫の寂しがり屋です」

太郎左衛門は俯《うつむ》きがちになって応えた。

「坊ちゃんは、おっ母様にもっと甘えたいんですよ。ところが、坊ちゃんには妹も弟もいる。兄貴らしくしなきゃいけねェ。それで、つい、気持ちが無理をしちまうんですよ」

由五郎は何も彼《か》も承知している様子で続ける。さすが寝小便の先輩である。

「そうなんですか」

太郎左衛門は感心した顔で言う。

「お前さんもそうだったんだね。おっ母さんに甘えたくても、お前さんのおっ母さんは亡くなってしまったから……」

お栄には幼い頃の由五郎の寂しさが察せられたらしい。由五郎は、それには応えず、黙って茶を啜《すす》った。

「由五郎さんのお母上は亡くなっているのですか。それはお気の毒です」

太郎左衛門も由五郎に同情するように言った。

「坊ちゃん、おれは母親だけでなく、てて親も兄弟もいねェんですよ。皆、火事で焼け死んじまったから。ですからね、おれのような餓鬼を増やさねェために、おれは火消になったんでさァ」

「由五郎さん。ご立派な心掛けです。拙者、心底ご尊敬申し上げます」

太郎左衛門は大真面目《まじめ》に言う。全く、太郎左衛門の口調は、その年頃の子供にしては堂々としていた。そんなしっかりした子が寝小便の癖があるとは思いも寄らない。

「坊ちゃんにご尊敬されても、こちとら何んの得にもなりやせん。尻《しり》がこそばゆくなるようなことは言わねェでおくんなさい」

由五郎は冗談に紛らわせて応えた。

「だけどさあ、堀留の兄さんにもその癖があったというのがわからないよ。あの人は両親が揃《そろ》っているし、親の情に飢えていた訳じゃないだろ？」

お栄は腑《ふ》に落ちない表情で口を挟んだ。

「それはな、お栄。兄ィは、人に大したもんだ、さすが、は組の頭の倅《せがれ》だと褒められたくて無理をしていたからよ。全体ェ、寝小便をする餓鬼は世間にゃ、いい子と言われている奴《やつ》が多いもんだ。坊ちゃんも、いい子だから寝小便をするんですよ」

由五郎の理屈は何んとも妙なものだったが、太郎左衛門は納得した様子で肯《うなず》いていた。

「あたい、いい子だけど、おねしょしないもん」

泣き止《や》んだおくみが言う。お栄は目顔でおくみを制した。

「たろちゃん。おねしょの先輩が二人もいて心強いじゃないですか。なあに、大人になれば自然に治るというものですよ。でも、どうでも治したいとおっしゃるなら、あたしが薬種屋へ行って、ずばりと効く薬を調達してきますよ。いかがです」

お栄は張り切って言った。お栄が面倒を見ている小間物屋のお勝には娘が二人いて、その内の一人は米沢町《よねざわちょう》の薬種屋に嫁いでいる。

きっと相談に乗ってくれるだろうとお栄は考えていた。

「おかみさん、恩に着ます」

太郎左衛門は、ようやく笑顔を見せた。

「さあ、ですから今夜のところは、おとなしくお屋敷に戻って下さいましな。ね？」

お栄は太郎左衛門の顔を覗《のぞ》き込んで言う。

太郎左衛門は渋々、「はい」と応《こた》えた。

「おれが送っていくよ。今夜は酒も飲んでいねェしよ」

由五郎は珍しく機嫌のよい声で言った。

三

翌日、お栄は米沢町の薬種屋「伊勢屋」に出向き、お勝の娘のお百合《ゆり》に太郎左衛門のことを相談した。

お百合は母親が何か問題を起こしたのかと心配そうな様子だったが、事情を知ると、「お易《やす》いご用」と、景気よく胸を叩《たた》いた。以前にお栄と口喧嘩《くちげんか》したことなど、とうに忘れているようだ。お栄もほっと安心した。

お百合はすぐに店の番頭に取り次いでくれた。

「こちらのお知り合いのお子さんがおねしょするらしいんですって。いい薬を見繕《みつくろ》っておくれな」

「へい」

中年の番頭は愛想のいい笑顔で応え、お栄を店座敷に促した。

「それじゃ、お栄さん。あたしはこれから、ちょいと野暮用があるんで、これでご無礼致しますよ。後はよろしくね」

お百合はにッと笑って内所へ引っ込んだ。

仄暗《ほのぐら》い店座敷には年代物の薬簞笥《だんす》が並べられ、隅で手代が薬研《やげん》を使って薬を砕いていた。伊勢屋は、米沢町では老舗《しにせ》の薬種屋だった。

番頭はお栄の前に畏《かしこ》まって座ると、太郎左衛門の症状を訊《たず》ねた。子供によって、おねしょの薬も幾つか種類が分かれるという。

何かある度に下痢や腹痛を起こしてしまう子、表向きは元気だが下腹に冷えを抱え、日中から尿が近い子、よく喉《のど》が渇き、尿の量も多い子、それに夜泣きや疳《かん》の虫を起こす子。

それぞれの症状に合わせて薬を調合するのだ。番頭の言葉にお栄は迷った。どれも太郎左衛門に当て嵌《は》まるような気がした。

「人柄のよい坊ちゃんなんですよ。挨拶《あいさつ》もきちんとしますし。ただ……少々、気の弱いところがございます」

「ほうほう」

番頭は分別臭い顔でお栄の話を聞いた。

やがて、「わかりました。ひとまず、本日ご用意致しますお薬をお飲みになって様子を見て下さい。効き目がないようでしたら、また別な物に致しますので」と、言った。

殊勝に頭を下げたお栄だったが、番頭が手代に蚯蚓《みみず》を用意しろと言ったのには仰天した。

「あ、あの。今、蚯蚓とおっしゃいましたか」

「へい、さようでございます。干した蚯蚓を粉にして飲みます。これが一番効果がございます」

「…………」

「ご安心下さい。粉になれば元の形はわかりません」

「そうですか」

お栄は蚯蚓だということは太郎左衛門に話さない方がいいだろうと思った。話せば怖じ気づいて飲まないような気がした。

薬ができる間、お栄は出された冷たい麦湯を飲みながら通りを眺めた。

通りの片隅で七、八歳ぐらいの二人の男の子が独楽《こま》回しに興じていた。その二人もおねしょをするのだろうかと、お栄はぼんやり考えていた。独楽は手際《てぎわ》が悪いのか、なかなかうまくいかなかった。巻きつける紐《ひも》を何度かやり直して、ようやく勢いをつけて回った。

見ていたお栄にも安堵《あんど》の笑みが洩《も》れた。

「ざまァ、かんかん！」

男の子は得意そうに叫んだ。すると、もう一人も同じ台詞《せりふ》を喋《しゃべ》った。

おかしな言い方だった。ざまァ見ろというのは聞いたことはあるが、ざまァ、かんかんは聞かない。子供の間で流行《はや》っている言い回しなのだろうか。

だが、男の子は独楽を回す度に、その言葉を繰り返した。

「おかみさん、お待たせ致しました」

小半刻《こはんとき》(約三十分) ほど待って、ようやく薬ができ上がった。

「ありがとうございます。お代はいかほどでござんしょう」

「いえいえ、お代は結構ですよ。うちのおかみさんの、ほんのお気持ちですから」

「でも、ご商売ですからそんな訳には……」

「いつもご実家のお母さんのことで、は組の頭には、ひとかたならぬお世話になっております。このぐらいはさせていただきたいということでした」

番頭はお百合の言葉を伝えた。悪く遠慮してはお百合の気持ちを損ねると考えたお栄はありがたく好意に甘えることにした。

伊勢屋を出ると、独楽回しの子供達はいつの間にかいなくなっていた。地面には独楽を回した心棒の痕《あと》が点々と残っていた。

「ざまァ、かんかん……」

お栄は子供達の言葉を何気なく呟《つぶや》いた。気持ちがぱっと浮き立った時、自分もその言葉を遣ってみたいと思った。

だが、近頃のお栄に気持ちが浮き立つようなことはなかった。こけし屋のお勝の惚《ぼ》けは相変わらずだし、金次郎がお栄の顔を見る度に思わせぶりなことを言い、それにいちいち揺れる自分にも腹が立つ。

由五郎に派手な啖呵《たんか》を切ったのは弾みだったが、お栄は、ふと独り身になりたいと思うことがあった。それが人の女房としていけない考えであるのは百も承知していたが。

せっかく米沢町に出て来たので、お栄は両国広小路へ出て床見世《とこみせ》をひやかした。土産に甘い物でも買って帰るつもりだった。

両国橋の橋際を通り掛かった時、お栄は自分の名を呼ばれた。振り向くと、金次郎が女房のおけいと息子の金作を連れて立っていた。

おけいはお栄の顔を見て、こくりと頭を下げた。お春に言わせたら、頭の捩子《ねじ》がほ

ん の少し弛《ゆる》んでいるような女だ。気が利《き》かないと、始終金次郎に怒鳴られている。金作は可愛《かわい》げのない子供だった。お栄をいつも小意地の悪い眼で見る。

「こんな所でどうしたい」

金次郎は気さくに訊《き》いた。

「ええ。伊勢屋さんにちょいと用事があったものですから。兄さん達は？」

「深川の八幡さんでかんかん踊りを見物して来たのよ。金作が連れてってくれと、この中《じゆう》からせびられていたからよ」

「まあ、かんかん踊りですか」

かんかん踊りは唐人踊りのことである。深川八幡宮の境内で行なわれているものだった。

清朝《しんちよう》風の衣裳《いしよう》で張子の龍を巧みに操って踊る。近頃、江戸では評判になっていた。もしかして、独楽回しをしていた子供達の「ざまァ、かんかん」は、かんかん踊りからきているのではないかとお栄は思った。

「人の頭を見物しに行ったようなもんだ。すっかりくたびれてしまったぜ。どうでェ、お栄。そこら辺で何か冷たい物でも飲まねェか」

そう言った金次郎をおけいはちらりと見た。

余計なことはお言いでないよ、という感じに思えた。

「とんでもない。せっかく親子水入らずでいるところに、お邪魔するのも野暮ですから。それに、あたしはこれから家に帰らなきゃならないんですよ。あい、お気持ちだけありがたく」

お栄の言葉に、おけいは安心したような顔になった。

「そうけェ。そいつは残念だな。ま、そいじゃ、この次ということで」

金次郎はあっさりと言って、水茶屋が並んでいる広場へ向かった。おけいがわざとらしく金次郎の腕に自分の腕を絡《から》めた。お栄の眼を十分に意識しての仕種だ。

お栄は薄い憎しみと同時に悲しみを感じた。

おけいに「ざまァ、かんかん」と罵《のの》しられたような気がした。

自分はいつまでこの気持ちを引き摺《ず》るのだろうかと思った。早く、めちゃめちゃに年を取ってしまいたい。そうしたら、金次郎とのことは笑い話にできる。

「おれはお栄と一緒になりたかったんだが、おけいを孕《はら》ませてしまってな、それで、泣く泣くお栄を諦《あきら》めたんだぜ」と金次郎が言っても、「兄さん、昔のことじゃないか。今更、よしとくれ」と、お栄は軽くいなすことができるというものだ。だが、今はできない。冗談に紛らわせても、周りはそう取らない。お栄には、それがやり切れなかった。

炎天の陽射《ひざ》しは容赦なくお栄に降り注ぐ。

お栄の心は赤く爛《ただ》れ、今にも腐ってしまいそうな気がした。

「かんかん照りだよ、全く。ざまァ、かんかん……」

そう呟いてもお栄の気持ちは少しも弾まなかった。

四

吉蔵は松島町の村椿家から突然、呼び出しを受けた。村椿家の中間《ちゅうげん》が迎えに来た時、吉蔵は、さては太郎左衛門のことでお叱《しか》りを被《こうむ》るのだろうかと俄《にわ》かに緊張した。一人では心細いので、お栄に同行して貰《もら》った。

心当たりはお栄が太郎左衛門におねしょの薬を与えたことだ。それが余計なことだったのかも知れない。二人は重い気持ちで中間の後から村椿家へ向かった。

松島町に武家屋敷は少ない。村椿家と太郎左衛門の母親の実家があるぐらいだ。近所の人間もおおかたは町家者《まちやもの》なので、村椿家の当主、村椿五郎太《ごろうた》は武士にしては捌《さば》けた人柄だという。一中節《いっちゅうぶし》の師匠を呼んで稽古《けいこ》をしたり、水茶屋や一膳《いちぜん》めし屋にも気軽に入るらしい。

二人が勝手口から中へ入ろうとすると、女中は庭に回るようにと言った。庭の地面で土下座して謝る自分達を二人は早くも想像していた。

その日、五郎太は非番でもあったのか、単衣《ひとえ》の着流し姿で縁側に座り、団扇《うちわ》を使っていた。二人に気づくと、五郎太はその大きな眼でぎょろりと見た。吉蔵はごくりと固唾《かたず》を飲んだ。

「お邪魔致します。は組の吉蔵でござんす」

吉蔵が畏まって頭を下げると、「や、これは頭。お暑いところお呼び立てして申し訳ござらん」と、五郎太は腰を浮かした恰好《かっこう》で応えた。存外に口調が穏やかだったので、吉蔵とお栄は少しほっとした。

「ささ、こちらにお掛け下され。本日も暑い日でござった。座敷よりも縁側の方が、幾分涼しかろうと思いまして、お話はここですることに致しました。そちらは若おかみでござるか。頭に似ない、なかなかの美人でござる」

ぽんぽんと如才のない言葉が五郎太の口許《くちもと》から連発された。吉蔵は褒められたのか、そうでないのか判断できない顔で、「いえいえ、とんでもねェ」と応える。

五郎太は人とうまく交わる術《すべ》にも長《た》けているらしい。お栄は遠慮がちに縁側へ腰を下ろしながら、そう思った。五郎太の年は三十五、六であろうか。金次郎と同じぐらいだ。幕府の表御祐筆《おもてごゆうひつ》を務める傍ら、湯島の学問所で生徒に講義をすることもあるという。しかし、表向きは、そのような偉い人物には見えなかった。

「村椿様。本日は坊ちゃんのことで、何んぞ手前どもにご無礼がございましたでしょうか。もしもその通りなら、平にご勘弁を」

お栄は恐る恐る訊いた。

「いやいや、無礼などあるものではござらん。むしろ、倅《せがれ》が大層お世話になっておるのに、ご挨拶《あいさつ》が遅れて申し訳ござらん」

五郎太は律儀に頭を下げた。

「そんな。お世話などちっともしておりませんよ。たろちゃんは……いえ、坊ちゃんはお人柄がよくて、手前どもは坊ちゃんがいらっしゃるのを楽しみにしております。どうぞお気遣いなく」

お栄は笑顔で応えた。

「この度は寝小便の薬をいただいたとか」

五郎太は大きな眼でお栄の顔をじっと見た。

その拍子にお栄の笑顔は消えた。やはり呼び出しの理由はそれかと思った。

「は、はい。差し出がましいことをして申し訳ございません。坊ちゃんがお悩みになっておりましたもので、知り合いの薬種屋で調合して貰いました。米沢町の伊勢屋さんというお店の物です」

お栄は慌《あわ》てて言い訳したが、もしや、その薬で太郎左衛門が下痢でも起こしたのではないかと心配になる。薬は薬でも、原料は蚯蚓である。

「若おかみ。拙者はあなた方を責めておるのではござらん。感謝しておるのですぞ。拙者は寝小便など大人になれば自然に治るものと思うておりまする。したが、家内の身になれば、そうもゆきますまい。毎日毎日、濡《ぬ》れた蒲団《ふとん》の始末をするのは手間の掛かる仕事でござる。倅に口酸《す》っぱく小言を言っても、さっぱり効果がござらん。拙者は家内に同情する一方で、耳に胼胝《たこ》ができるほど小言を言われる倅を不憫《ふびん》にも思うておりました。この度も薬を持参した倅に、家内は自分の恥を世間に晒《さら》すのかと叱りました。いや、家内は悪い母親ではござらん。倅はいずれ村椿家を継ぐ男でござる。村椿の名を汚《けが》さぬ男に仕立てようと、ぎりぎり仕込んだのでござる。しかしのう、家内の、そうした育て方が倅を慎重過ぎる子供にしてしまった。慎重過ぎると言えば聞こえはよいが、早い話、臆病《おくびょう》者でござる」

そこまで言って、五郎太は煙草《たばこ》盆を引き寄せた。煙管《きせる》に一服点《つ》けて、吉蔵にも煙草を勧めた。吉蔵は会釈《えしやく》してから腰の煙草入れを取り出した。

「村椿様は坊ちゃんのこれからがご心配なのですね」

お栄は五郎太の胸の内を察してさり気なく訊いた。五郎太は白い煙を吐き出し、少しの間、煙の行方を眼で追った。それから灰吹きに雁首《がんくび》を打ってお栄に向き直った。

「他人の目から伜がどんな子供に見えるのか忌憚《きたん》のないご意見を伺いたいと思いましてな。こうしておいで願った次第でござる」

「村椿様。案ずることはござんせんよ。坊ちゃんはきちんと挨拶して行儀のいいお子さんですぜ。大人になれば、きっと一廉《ひとかど》のお侍になりまさァ」

吉蔵は阿《おもね》るように言った。

「さようか……若おかみはいかがですかな」

「あたしもお父っつぁんと同じ意見ですよ」

お栄はおざなりに応えた。相手が武家となれば、そうそう勝手なことは言えない。

しかし、五郎太は二人の答えに満足しているふうが感じられなかった。

「いや、遠慮は無用で、はっきりしたことを伺いたいのだが」

五郎太は上目遣いで二人を見ている。ああ、太郎左衛門の両親は長男の養育に行き詰まっているのだと、お栄は感じた。こんな両親では、太郎左衛門の気持ちは萎縮《いしゆく》するばかりだとも思った。

お栄は意を決して口を開いた。

「村椿様は、どうでもあたし等の本心をお聞きになりたいようですね。お為《ため》ごかしの褒め言葉ではなく……」

「その通りでござる」

「何を申し上げてもお怒りになりませんか」

「むろん」

五郎太は大きな眼を剝《む》き出し、居ずまいを正した。反対に吉蔵は落ち着かなくなった。

お栄がとんでもないことを言いそうな気がしたからだ。

「町家の分際で生意気を申しますが、確かに坊ちゃんは、すこぶるつきの臆病者ですよ」

お栄がきっぱりと応えると、吉蔵はお栄の膝《ひざ》を少し強く叩《たた》いて制した。

「何んてこと言うんだ！」

「だって、村椿様はあたし等の本心を知りたがっておいでだ。お世辞を言っても仕方がないだろう。お父っつぁんだって、たろちゃんにいらいらすることもあったはずだ」

「それだからってお前ェ、お父上様の前で、もっと柔らけェ言い方があるだろうに」

吉蔵はもごもごとお栄に言う。

「いや、頭。若おかみのおっしゃる通りでござる。若おかみ、続けて下され」

五郎太は吉蔵を制した。五郎太の妻が茶を運んで来て、二人の前に湯呑《ゆのみ》を置いた。

吉蔵とお栄は恐縮して頭を下げた。

五郎太の妻の紀乃《きの》は、三人の子の母親とはとても見えない色白で上品な女だった。

紀乃は五郎太より五つ六つ年下だと聞いている。

「お栄さん、でしたね」

つかの間の沈黙を破って紀乃が訊いた。

「はい」

「太郎左衛門より伺っておりまする。とてもお優しくて大好きだと申しておりますよ」

「畏《おそ》れ入ります」

太郎左衛門が自分のことをそのように言っていたのかと思うと嬉《うれ》しさが込み上げた。

「先日、おねしょを叱った時、太郎左衛門はわたくしに、母上より、は組のおかみさんの方が好きだと憎まれ口を叩きました」

「まあ……」

「それで悔しさのあまり、おでこをぱちんとやってしまったのです」

太郎左衛門が家出したので泊めてくれと言ったのは、そんな経緯《いきさつ》があったからだろう。

「家の者以外、皆様、太郎左衛門をよい子だとおっしゃいます。わたくしの実家の両親も大層な可《か》愛《わい》がりようでございます。けれども、あの子はよい子を演じているだけなのです。わたくしには、それがようくわかっております。その証拠に毎晩、おねしょをしてわたくしを困らせておるのです」

紀乃はいかにも悔しそうに手巾《しゅきん》で眼を拭《ぬぐ》った。

「なんてことを……」

お栄は呆《あき》れた。

「そんなことをおっしゃっては、たろちゃんが可《か》哀想《わいそう》です」

「お栄さん。あなたもさきほど、太郎左衛門が臆病者だとおっしゃいましたね。聞こえておりましたよ」

紀乃は勝ち誇ったように言う。

「それは村椿様が本心を明かしてほしいとおっしゃったからです」

「他人の子ならば臆病者と平気で言えますものね。でも、家の者の身になって下さいませ。わたくしには毎日が地獄です。いっそ、太郎左衛門を産まなければよかったと思うほどです。その気持ち、おわかりになります？」

「いいえ、わかりません。たかがおねしょで、産まなければよかったなどとおっしゃる奥様のお気持ちの方がどうかしてますよ」

「お栄……」

吉蔵は牽制《けんせい》したが、お栄は、もはや止まらなかった。

「いらないお子さんでしたら、あたしがいただいてもよござんすよ。毎晩おねしょしたって構わない。だって、大人になれば止《や》みますもの。ほんの何年かの辛抱ですよ。奥様、あたしは近所の惚《ぼ》けたおかみさんの面倒を見ているのですよ。下が弛《ゆる》んで、日中でも粗相しております。そのおかみさんの回復はあまり見込めない。恐らく、死ぬまでそのていたらくでしょうよ。それに比べてたろちゃんは……」

「惚けた老人と太郎左衛門を一緒にしないで下さいまし！」

紀乃が金切り声で叫んだ。

「あいすみません。口が過ぎました」

お栄はさすがに気づいて頭を下げた。

「町家の者にあれこれと指図は受けませぬ。今後、そちらへ太郎左衛門が伺うのも止めさせます」

「奥様がそこまでおっしゃるのなら仕方がありませんね。でも、親身に面倒を見たあたし等の気持ちはどうなるんでござんしょう」

「お金のことをおっしゃっているのですか。いかほどお支払いしたらよろしいのでしょう」

紀乃の言葉にお栄は立ち上がった。

「お父っつぁん、帰ろ。ここにいたって始まらない。所詮《しょせん》、他人様《ひとさま》のことだ」

お栄の言葉に諦《あきら》めが混じっていた。

「これ、お待ちなされ」

奥の部屋から涼し気な絽《ろ》の着物を着た痩《や》せた女が現れた。太郎左衛門の祖母の里江《さとえ》だった。

「先刻から聞いておれば、まあ、紀乃さんの言いたい放題。お栄さんが呆れておりますよ。五郎太。あなたもあなたです。なぜ止めぬ」

里江は眉間《みけん》に皺《しわ》を寄せて五郎太を詰《なじ》った。

「いや、母上。女同士の話に拙者も頭も、おいそれと口は挟めませぬ」

「ご隠居様、申し訳ありやせん。娘ァ、一度火が点いたら、そうそうは収まらねェ気性なもんですから」

吉蔵も苦笑いをして言う。

「さすがは頭の娘さんですね。うちの嫁は癇症《かんしょう》なのでございますよ。小さなことにも眼を瞑《つぶ》ることができない性質で」

「そうでござんしょうね」

相槌《あいづち》を打った吉蔵の肘《ひじ》をお栄は邪険に突いた。里江はそれを見ないふりで言葉を続けた。

「五郎太は今でこそ、ご公儀のお役目をいただき、偉そうな顔をしておりますが、昔は小普請組《こぶしんぐみ》の無役で、両国広小路で代書屋などをしておったのですよ」

「でも、学問吟味《がくもんぎんみ》という難しいお試験を突破されたとか」

お栄は小耳に挟んでいた五郎太のことを言った。

「それは嫁の父親が小普請組に娘はやれないと申したものですから、五郎太は惚《ほ》れた弱みで一念発起したものでございますよ。まあ、そのお蔭《かげ》でお役目に就くことができたのですから、嫁の父親には感謝しなければなりますまい」

里江は冗談に紛らわせて言う。お栄は里江のおおらかな人柄が、いっぺんで好きになった。

「頭のお家に通うようになってから、孫は少し男らしくなりました。わたくしは町家の人間と交わることもよいことだと考えております。どうぞ、今後とも孫をよろしくお願い申し上げまする」

お栄と紀乃のつまらない口争いに里江は見事にけりをつけてくれた。

帰りは行きと違って、吉蔵とお栄の気持ちは明るかった。

だが、一町も歩いてから、お栄は突然思い出して言った。

「肝腎なことを訊《き》くのを忘れちまった」

「何んでェ」

「たろちゃん、薬は効いたのだろうか」

「今日はやっとうの稽古《けいこ》でもあったのか姿が見えなかったな」

「奥様がくどくどと愚痴をこぼしたところは、まだ駄目なのだろうね」

「んだな。しかし、その内に効いてくるだろうよ」

吉蔵はお栄を慰めるように言う。

「そうだね、焦《あせ》っても仕方がないね」

お栄も気を取り直して応《こた》えた。

通りの辻《つじ》で、お栄は吉蔵と別れた。こけし屋のお勝の様子を見に行くつもりだった。この頃は、お栄の友人のおくらが手を貸してくれるので、お栄も助かる。とはいえ、お勝から目離しはできなかった。物忘れが激しく、ついさっき言ったことでも簡単に忘れるのだ。

魚を焼いていることを忘れて真っ黒に焦《こ》がしてしまうことも多い。三度三度、食事の仕度をしてやることはできないので、お栄はお勝に火を使うなとも言えず、どうしたらよいかと気が揉《も》めていた。

五

こけし屋に行くと、おくらが店番をしていた。おくらはお栄の子供の頃からの友人で、今は材木問屋の旦那《だんな》の世話になっている女だった。旦那が訪れない時は暇なので、喜んでお勝の面倒を見てくれるようになった。おくらの店番も、この頃は堂に入っている。

「あら、小母《おば》さんは？」

姿の見えないお勝がお栄は気になった。

「お昼寝してるのよ」

おくらはそう応えたが、何んだか気の抜けたような顔をしていた。

「何かあったの」

「ううん、大したことじゃないから心配しないで」

「言ってよ。気になるじゃない」

お栄はおくらの話を急《せ》かした。

「うん……」

おくらは渋々、話し始めた。昨日、おくらは旦那から鰻《うなぎ》の蒲焼《かばやき》を土産に貰《もら》ったという。一人では食べ切れなかったので、おくらはお勝にお裾《すそわ》分けした。お勝は大層喜んだ。

そこまではよかったが、今日になって身の周りの世話にこけし屋を訪れると、お勝は到来物の鰻の蒲焼があるから、帰りに持っておゆきよと、おくらに言った。

おくらは、自分がお裾分けした後に、また別の所から貰ったものかと思った。だが、お勝が差し出した蒲焼は確かに昨日、自分が持って来たものだった。お勝はそれをすっかり忘れていたのだ。

「小母さん、人に物をくれたがる癖があるのよ。誰に貰ったのか覚えちゃいないから、こんなことになるんだ」

お栄は苦笑しながら言った。

「年を取るとさあ、何も彼《か》も忘れちまうのね。あたし、小母さんの事、まだ慣れていないから、ぞっとしちゃった」

おくらはため息をついた。

「そうだねえ。年を取るのは悲しいものね。でも、小母さん、あたし達が毎日のように顔を出すんで安心している様子だ。独り暮らしでも倖《しあわ》せなものじゃないか」

「だけど、足腰立たなくなったらどうするんだろう」

おくらはお勝の今後を心配する。

「そうなったら、そうなった時のことよ。娘がいるんだし。世話がいやだと言うのなら、あたしがするよ」

そう言ったお栄に、「本気なの？」と、おくらは真顔で訊いた。

「ええ、本気。こうやってね、小母さんの面倒を見ておけば、神さんが、お栄、偉いぞと感心して、あたしが年寄りになった時、あっさりお陀仏《だぶつ》にしてくれそうな気がするの」

「おもしろい理屈だこと。あたしも見習おう。でも、蒲焼はどうしたらいい？」

「そりゃ、ありがたくいただいてよ」

「あたし、もう蒲焼はたくさんなの。それに、日にちが経《た》っているから、傷《いた》んでいるかも知れないし」

おくらは眉間に皺を寄せた。おくらは並の女房ではないので、食べ物を、ことさらもったいながるということはない。そこがお栄とは少し違う。

「それじゃ、あたしが代わりにいただく」

お栄はお勝の気持ちを考えて言う。

「そうして」

おくらはほっと安心して茶を淹《い》れた。

「今日は用足しにでも行って来たの？」

おくらはお栄のよそゆきの恰好《かっこう》を見て訊いた。

「ええ。松島町の村椿様というお屋敷に呼ばれたのよ」

「訳ありのこと？」

「そうねえ、村椿様の坊ちゃんがあたしの家に時々遊びにいらっしゃるの。そのことと、坊ちゃんのおねしょのことで」

「おねしょ！」

おくらは大袈裟《おおげさ》な声を出して笑った。

「おくらちゃん、身内のことになると笑い事では済まされないのよ。奥様なんて半分は気の病《やまい》みたいになっていたのよ。産まなければよかったとまでおっしゃった。あたし、腹が立って」

「まあ、ひどい」

「坊ちゃんはとてもいい子なのよ。あたしは可愛くて仕方がないの。いらない子ならあたしに下さいって言っちゃった」

「わかる、わかる。お栄ちゃんなら言いそう」

おくらは肯《うなず》く。おくらが話を聞いてくれるので、お栄の気持ちも楽になる。やはり友達はいいものだと思う。

「あたしも子供がほしいなあ」

おくらは羨《うらや》ましそうに言った。

「旦那に頼んだら？」

「駄目よ。本妻さんの所に五人もいるのだもの。これ以上、悩みの種を増やしたくないと思っているのよ」

「女はいつまで子供が産めるのかしら」

「そう……」

「そりゃあ、月のものがある内は産めると思うけど」

「孫と末っ子が同い年だっていう人を知っているのよ」

　おくらは極端なたとえを持ち出す。

「世の中には、そんなこともあるでしょうね。笑う事じゃないけど、何んだかおかしい。同い年なのに孫にとって、もう一人は叔父さんか叔母さんになるのよね」

　お栄は少し不思議な気分で応えた。

「そうねえ」

「どういう気持ちなのかしら、その二人」

「さあ、あたし、同い年の甥《おい》や姪《めい》はいないからわからないけど、あまり気にしないのじゃない」

「おくらちゃんが姪っ子だったらどうしよう」

　お栄は悪戯《いたずら》っぽく言う。

「頼りになる叔母さんで、あたしは心強いと思う。叔母さん！」

「よしてよ」

お栄が眉間に皺を寄せると、おくらは愉快そうに声を上げて笑った。

「あれ、お栄ちゃん。来ていたのかえ」

昼寝から覚めたお勝が、はだけた浴衣《ゆかた》姿で現れた。昔はきつい性格の女だったが、今はすっかり険《けん》が取れ、まるでお地蔵さんのように穏やかな表情をしている。

「小母さん、お客さんが見えるのだから、身仕舞いはちゃんとして」

お栄はすかさず窘《たしな》めた。

「ああ、わかっているよ。そうそう、お栄ちゃん、鰻の蒲焼をいただいたんだよ。あんた、頭に持っておゆきよ」

お勝は浴衣の前を直しながら、しゃらりと言った。お栄はおくらと、そっと顔を見合わせたが、「あい、ありがたく」と、機嫌のよい声で応えていた。

おくらに後を任せて、お栄はひと足先に家へ帰ることにした。表通りに出た時、お栄は湯屋帰りの金次郎と金作に出くわした。

「こけし屋の帰りかい」

金次郎は訳知り顔で訊いた。

「ええ。小母さん、物忘れが激しくなる一方で心配なのよ。日に一度は様子を見に行かなきゃ落ち着かないの」

「てェへんだなあ」

金次郎は気の毒そうに言う。

「でも、おくらちゃんが手伝ってくれるので、助かっているの。一人で何も彼もは無理だから」

「そうだな」

「ちゃん。おいら、先に帰ェってるよ」

金作は長話になりそうな二人に先手を打った。

「そうけェ。そいじゃ、この手拭《てぬぐ》いも持って行ってくれ」

金次郎は濡《ぬ》れた手拭いを金作に渡した。

「あんまり遅くなるなよ。おっ母さんが悋気《りんき》を起こす」

金作は低い声で金次郎を窘めた。

「大丈夫だよ。あたしもすぐに家に帰るから」

そう言ったお栄を、金作は、ちらりと見ただけで返事はしなかった。

「いやだねえ。すっかり嫌われちまっているよ」

お栄は金作の姿が見えなくなると、くさくさした表情で言った。

「気にすんな。おけいが愚痴をこぼすのをまともに取っているだけだ」

「それでもさ」

「送っていこう。叔父貴に話もあるから」

「いいのかえ」

「ああ」

金次郎は鷹揚《おうよう》な表情で笑った。

「ところで、こけし屋のお勝さんのことだが、夜は一人になるのけェ」

金次郎は気になった様子で訊いた。

「ええ。あたしもおくらちゃんも、夜は家を空けられないから」

「ちょいと心配だから、夜は時々、組の者に様子を見に行かせるか」

金次郎は顎《あご》を撫《な》でながら独り言のように言う。

「そうしてくれるのなら、あたしも安心だ」

「世話好きだな、お栄。そんなところがたまらねェよ」

「また、冗談ばかり」

「冗談じゃ、ねェぜ」

つかの間、真顔になった金次郎の眼を、お栄はそっと避けた。

「由五郎とはうまくやってるか」

金次郎は上目遣いで訊いている。

「ええ。うちの人はいい人だ。あたしと兄さんのことは百も承知で家に入ってくれたのだもの、粗末にしたら罰が当たるよ」

金次郎は少しの間、黙った。お栄と由五郎の夫婦仲が悪いとなれば責任を感じて悩むのだろうが、倖せなら倖せで、また複雑な気持ちになるのだろう。

「兄さん……」

「ん？」

「あたし等は、お互い子供の親だ。いい加減、昔のことは忘れようよ」

「………」

「兄さんがいつまでも思わせぶりなことを言うから、聞いてるこっちも、余計なことを考えてしまうのさ」

「おいらはお前ェに悪りィことをした。その責めは死ぬまで負うつもりでいるのよ」

「だから、それはもういいんだって」

お栄は煩《わずら》わしそうに金次郎の話を遮《さえぎ》った。

「いいってか？」

金次郎は心細い顔でお栄を見た。

「ああ。あたしはうちの人と一緒になってよかったと思っているし、兄さんだっておけいさんと金作がいる。いつまでも昔の色恋沙汰を引き摺《ず》ることはないんだ」

お栄は金次郎を諭すように言ったつもりだが、なぜか皮肉な口調になってしまった。

金次郎は短い吐息をついた。

「おけいは少しぼんやりだが、お父っつぁんやおっ母さんに尽くしてくれるいい女房だ。もちろん、金作は手前ェの倅《せがれ》だから可愛くねェ訳がねェ。それでもお栄のことが気になるのは、いやで別れた訳じゃねェからよ。いつも心のどこかで、お栄、済まねェって気持ちがあるんだ」

「兄さんの気持ちはありがたいよ。でも、もう……」

「お前ェの気持ちはよくわかった。これからは物言いに気をつける」

金次郎は思い切りよく言った。だが、それから大伝馬町まで、金次郎は何も喋《しゃべ》らなかった。これから金次郎は自分に対して冷たくなるのだろうな、とお栄は思った。寂しいけれど仕方がない。周りの人間を傷つけないために、お栄は健気《けなげ》に決心したのだった。

六

馬喰町《ばくろちょう》の絵草紙屋から火事が出たのは、それから三日後の夜のことだった。は組はすぐさま火事場へ駆けつけ、由五郎は火元の屋根に上がり、纏《まとい》を立てて消口を取ったつもりだった。

ところが、由五郎が纏を立てたのは絵草紙屋の納屋《なや》に当たる所で、同じ頃、「に組」の纏持ちは母屋《おもや》の屋根に二つ輪の纏を立て、消口を取ったのはこっちだと強く主張した。

火の勢いは納屋の方が激しかった。ちょうど、翌年の正月に向けて売り出す絵草紙用の紙が納められており、紙の束は焚《た》き付けのように燃えた。しかし、それよりも店舗と母屋を守ることが肝腎だった。

は組がそれに気づいた時、すでに、に組の連中は鳶口《とびぐち》を使って納屋を壊していた。崩れ落ちる納屋とともに、由五郎はあえなく纏を引き下げた。

このことが金次郎の怒りを買ってしまった。

地面に下りるなり、金次郎は由五郎に罵声《ばせい》を浴びせた。

「この、すっとこどっこい！　手前ェ、どこに眼をつけてやがる」

「だ、だけど、火元は納屋ですぜ」

由五郎は言い訳したが、頭に血の昇った金次郎は聞く耳を持たなかった。その間にも火事場は、に組の連中で固められ、は組はすごすごと退却するしかなかった。

「仕方がねェ、手を引け」

吉蔵も組の連中に命じた。それから火が消えるまで、は組は、つくねんとその場で見守っていた。

翌朝になっても、金次郎は大伝馬町の吉蔵の家にやって来て、昨夜のことを蒸し返し、由五郎をねちねちと詰《なじ》った。由五郎は膝《ひざ》に手を置いて俯《うつむ》き、ひと言も口を返さなかった。

「金次郎。もうそのくらいで勘弁してやんな。もともと、あすこは、に組の持ち場だから、は組がけりをつけたとなったら、に組の面目が立たなかっただろう」

吉蔵が見かねて助け舟を出しても、「叔父貴は黙っててくんな」と、にべもない。

聞いていたお栄も次第に腹が立ってきた。

お春は話がこじれそうだと察すると、おくみを連れて外に出て行った。お栄はそれを幸いに口を挟んだ。

「兄さんは、は組の顔を潰《つぶ》されたと思っているんだね」

「おうよ」

「だけど、うちの人は間違っていたとは思わないよ。納屋は焼けたが母屋も店も助かっている。に組の連中もうちの人の纏を目印にして火を消した。面と向かって言わなくても、内心じゃ、助かった、ありがたいと思っているはずだ」

「馬鹿も休み休み言え。町火消は消口取った方が勝ちよ。それしかねェ」

「そいじゃ、うちの人は、まだ火が来てもいない母屋の屋根に上がった方がよかったのかえ。それこそ馬鹿な話だ」

「やめろ、お栄」

由五郎は低い声で制した。

「だって、お前さん」

「いいんだ。おれが兄ィだったら同じことを言うはずだ」

由五郎は金次郎を立てる。

「ま、下らねェ喧嘩《けんか》にならなかっただけでも儲《もう》けものだ。隣り近所にも火が移らなくてよかったしな」

吉蔵は金次郎にそう言った。

「叔父貴は由五郎に甘めェな。全くいらいらするぜ」

いつになく金次郎の言い方は底意地が悪かった。

「あたしも兄さんにはいらいらするよ。何んだい、済んだことをいつまでもくどくどと。お父っつぁんが、もういいと言っているのだから、さっぱりと諦《あきら》めたらどうなんだ」

金次郎はぎらりとお栄を睨《にら》んだ。

「これはな、男と男の話だ。お前ェの出る幕じゃねェ！」

「あい、そいつは悪うござんした。ですけどね、うちの人が不始末をしたと兄さんは怒っているようだから、女房のあたしもお詫《わ》びをしているつもりなんですよ」

「へえ、この節のお詫びたァ、居丈高《いたけだか》に喋ることとけェ。こいつは畏《おそ》れ入った」

金次郎の皮肉は止《や》まなかった。お栄はため息をついて台所へ下がった。

吉蔵は金次郎を宥《なだ》める言葉を掛け、由五郎も口を返さなかったので、ようやく金次郎は機嫌を直し、「今度から、よくよく気をつけろ」と言って帰った。お栄は見送りもしなかった。

「ああ、やだやだ。兄さんはいつからあんなにくどい男になったんだろう」

お栄は金次郎の使った湯呑《ゆのみ》を片づけながら、くさくさした表情で言った。

「昔からよ」

由五郎がぼそりと応《こた》えた。

「んだ。くでェ男よ、昔っから」

吉蔵も相槌《あいづち》を打つ。それから二人は顔を見合わせて弱々しい笑い声を立てた。

「ごめん下さい。おかみさん、いらっしゃいますか」

太郎左衛門の声が聞こえた。鼻白んでいたお栄の表情がぱっと輝いた。

「たろちゃん」

とろけたような声になった。

「若けェ間夫《まぶ》が来たんで、お栄の奴、ご機嫌だぜ」

吉蔵は冗談めかして由五郎に言う。由五郎は鼻を鳴らして苦笑した。

「頭、由五郎さん。お邪魔致します」

太郎左衛門は手をついて丁寧に挨拶《あいさつ》した。

「あい、よくいらっしゃいやした。坊ちゃん、その後、寝小便の方はどんな按配《あんばい》ですか」

由五郎が訊《き》くと、太郎左衛門は笑顔千両の表情になった。

「ひょっとして？」

由五郎は、さらに訊いた。

「はい。ぴたりと止まりました」

「そいつァ……」

吉蔵も信じられない気持ちだった。

「たろちゃん、薬が効いたのですか」

お栄は意気込んで訊いた。

「それはちょっと……何しろ、一度飲んだだけですから。申し訳ありませんが、あれは飲み下すのが容易ではありません。拙者は、こんな思いをしなければおねしょは治らないものかと、心底落ち込みました。母上も情けないお顔をしておりました。拙者は、母上を困らせていた悪い息子でした。そう思うと、拙者は自分に対して腹が立ちました。するとですね、不思議なことに翌日からしなくなりました。もう十日もしておりません」

「坊ちゃん。おめでとう存じやす」

由五郎は笑顔で言った。

「ありがとうございます。皆さんのお蔭《かげ》です。おかみさん、お世話を掛けました」

「いえいえ」

そう応えたが、お栄には込み上げるものがあった。

「何も泣くこたァ、ねェ」

吉蔵は呆《あき》れたように言った。

「色々、切ないことばかり続いたからさ。たろちゃんが嬉《うれ》しいことを言ってくれたので、あたしは胸がいっぱいになったんだよ」

「お栄、済まねェ」

由五郎は低い声で謝った。

「おかみさん。本当にありがとうございました」

太郎左衛門は、もう一度礼を言った。

お栄は泣き笑いの顔になり、「ああ、気分がいいよ。ざまァ、かんかんだ」と、威勢よく言った。ようやく、その言葉を遣うにふさわしい場面に出くわしたと思った。

「何んだ、そりゃあ」

吉蔵は怪訝《けげん》そうに訊いた。

「何んでもいいじゃないか。とにかく、ざまァ、かんかんなのさ」

「ざまァ、かんかん！」

太郎左衛門も張り切って叫んだ。太郎左衛門の言い方はやけに詰まって滑稽《こっけい》な感じがした。由五郎は噴き出すように笑った。つられて吉蔵も笑う。帰って来たおくみが訳もわからないまま笑う。

久しぶりに吉蔵の家に朗らかな笑い声が溢《あふ》れた。通り過ぎる人々は何事かと、そっと吉蔵の家に視線を向けていた。

雀放生〈すずめほうじょう〉

神田明神と山王権現の祭礼は天下祭りと呼ばれ、祭り好きの江戸っ子達の血を沸かす。

一

山王権現は陰暦の六月十五日、神田明神は九月十五日が本祭である。祭りとなれば各町の負担も大変なので、両社の祭礼は昔から隔年ごとに交代で行なわれていた。

日本橋川を境に北東と西南に二分して、北東側の町が神田明神の氏子《うじこ》、西南側の町が山王権現の氏子となっているが、両社の境界線は実にあいまいで、特に町火消「は組」の吉蔵が住む大伝馬町、それに南伝馬町は両社の氏子を兼ねていた。

神田明神は天平二年（七三〇）に開かれた古い社《やしろ》である。当初は神田橋近くにあった。

慶長十八年（一六一三）、神田明神の天王神輿《てんのうみこし》が初めて南伝馬町へ渡った。神輿が町を渡るということは、そこに住む住人達を社が氏子として認知することだった。

以後、毎年六月に大伝馬町、南伝馬町、小舟《こぶな》町に神田明神の神輿が渡った。ところが神田川を造成する大掛かりな工事が始まると、神田明神はその途中の元和二年（一六一六）に湯島へ移り、平将門《たいらのまさかど》の霊を祀《まつ》る現在の社の形となった。湯島へ移転したことで結果的に神田明神は広範囲に及ぶ氏子を獲得したことになる。だが、大伝馬町、南伝馬町など、旧来の氏子達から社は遠くなった。

一方、山王権現は川越仙波《かわごえせんば》にあったものを江戸の紅葉山《もみじやま》へ勧請《かんじょう》したという。後に永田の馬場（溜池《ためいけ》上）へ移された。そして、神田明神が湯島へ移転した頃から山王権現でも祭礼を行なうようになったらしい。その時に祭礼の期日も六月と九月に分かれたようだ。

茅場町《かやばちょう》の山王権現の御旅所《おたびしょ》（仮宮）が幕府から改めて認可されると、周辺に住む氏子達にとって山王権現は、より親しい社となった。つまり、本社は遠くにあっても山王権現の神さんは御旅所を通して自分達を守ってくれるのだという気持ちになるからだ。山王権現の氏子の範囲は北は神田辺り、南は芝《しば》まで、東は霊巌島《れいがんじま》、小網《こあみ》町、堺《さかい》町、西は麹《こうじ》町までだった。

当然、大伝馬町、南伝馬町もその中に組み入れられていた。

両社の祭礼は今日まで廃《すた》れることなく、いや、むしろ年々、盛んになる一方だった。

神輿が渡る大通りは通行止めとなり、脇小路《わきこうじ》は柵《やらい》で塞《ふさ》ぎ、警備を強化して準備を調える。

警備の人間は大名家から出された。

隔年ごとに両社の祭礼が行なわれるが、そういう事情から吉蔵は毎年、どちらかの祭りに関わることになる。今年は神田明神の出番だった。

氏子は六十町、山車《だし》は三十六を数え、山王権現の四十五より少し規模は小さい。大伝馬町はそのしょっぱな、一番を引き受ける。山車は眼も覚めるような白鶏《はっけい》である。

これが山王権現の時には五彩《ごさい》の鶏《とり》となるのだ。十二支の干支《えと》のトリに因《ちな》んだものだった。

神輿行列は本町通り、石《こく》町、鉄砲町、大伝馬町、堀留《ほりどめ》町、小網町、小舟町、瀬戸物町、伊勢町、本船《ほんぶね》町、小田原町と進み、日本橋を渡り、京橋で折り返す。室《むろ》町一丁目から北上し、筋違門《すじかいもん》に出て昌平橋《しょうへいばし》を渡って本社へ戻る道程だった。

祭りのひと月も前から、は組の連中はろくに仕事も手につかない。吉蔵も毎日のように打ち合わせで出かけなければならなかった。

神輿担《かつ》ぎには、は組の連中が駆り出されるので、こちらは吉蔵の甥《おい》に当たる金次郎の指示のもと、自身番の空き地で丸太を設《しつら》え、呼吸を合わせて、わっせわっせと稽古《けいこ》をしていた。

「楽しみだねえ。お栄ちゃんの旦那さんや金次郎さんが神輿行列に出るなんて」

小間物屋、こけし屋のお勝は眼を輝かせて言う。お勝の表情はどんどん幼くなる。まるで童女のようだとお栄は思う。人は惚《ぼ》けると、誰しもこんな表情になるのだろうか。だが、不快ではない。抜け目のない顔をしているよりずんとましだ。自分も年を取ったら、お勝のような表情でいたい。惚けるのはいやだが。

「小母《おば》さん、行列が通る時はうろちょろ歩かないで、じっと一つ所《ところ》で見物するのよ」

お栄はお勝に念を押す。お勝はこくりと肯《うなず》くが、半刻《はんとき》（一時間ほど）もすると、すっかり忘れてしまう。

店の外に出て竹箒《たけぼうき》を使って掃除をすると、お栄は打ち水をした。客商売なので、見苦しい所があってはならない。お勝の世話をするようになって、なおさらお栄は掃除に気を遣う。それでなくとも、お栄は癇症《かんしょう》な質《たち》なので、散らかっているのは我慢できなかった。

外の風はすっかり秋のものだ。本祭の当日は雨に降られなければよいがと、お栄は思っている。

「わたい、お栄ちゃんと金次郎さんが、てっきり一緒になるもんだと思っていたよ」

お栄が水桶《みずおけ》を片づけてお勝の傍に座ると、お勝は遠い昔を思い出すように言った。

「どうして？」

ついさっきのことは忘れてしまうくせに、昔のことはよく覚えている。

「だってさあ、お祭りの時、お栄ちゃんと金次郎さんが手を繋《つな》いで帰るところを見たことがあるんだよ。ああ、仲がいいなあって思っていたからさ」

「よしてよ小母さん。あたし、兄さんと手を繋いだことなんてないよ」

「そうかえ。そいじゃ、勘違いかねえ。わたいが勝手にそう思いたがっただけのことなのかねえ」

「…………」

「でもさあ、いとこ同士だから、案外これでよかったのかも知れないよ」

そう言ったお勝を、お栄はまじまじと見た。

「血の濃い者同士が一緒になると、色々子供に不都合が出るからさ。お栄ちゃんがいらない苦労をすることになったかも知れないよ」

お勝は訳知り顔で続ける。

自分と金次郎が一緒になったら身体《からだ》の丈夫じゃない子供が生まれたのだろうか。そうかも知れないし、そうでないかも知れない。

先のことなんて誰にもわからないはずだ。お栄の中で僅《わず》かに反発するものがあった。

だが、それは、お勝には言わなかった。

どだい、昔のお栄は生まれてくる子供のことなど考えたこともなかった。

ただ、あんまり金次郎への思いが強かったから、神さんは自分に仇《あだ》するのではなかろうかと、恐れを抱いていた。結果的には、その通りになってしまったが。

噂《うわさ》をすれば影で、店の土間口に金次郎が入ってきた。外は明るい陽射《ひざ》しが差していたので、金次郎の身体の輪郭が金色に縁取られているように見えた。それでいて、顔の表情は真っ黒でよくわからなかった。

「あら兄さん」

だがお栄は気軽に呼び掛けた。

「何んだか毎日ばたばたして落ち着かねェや。叔父貴の所へ行ったら、お前ェはこっちだと叔母さんが言っていたからよ」

お栄が金次郎を中へ促すと、お勝は気を利《き》かせたつもりなのか「お栄ちゃん。わたい、湯屋へ行ってくるよ」と言った。

「長湯しちゃ駄目よ」

奥へ引っ込んだお勝にお栄は念を押した。

「お祭りの弁当のこと？　それなら近所のおかみさん達に声を掛けて、朝からおむすびを拵《こしら》える手はずになっているから心配しないで」

お栄は金次郎の用事を先回りして言った。

「頼んだぜ。ついでに、日暮れになったら常盤橋御門《ときわばしごもん》の方にも余分のにぎりめしを届けてくんねェか。何しろ、その頃、神輿担ぎは精も根も尽き果てている。とてもじゃねェが、腹ぺこじゃ帰れねェ」

神輿行列は常盤橋御門前で解散することになっていた。

「あいよ」

お栄は金次郎に茶を淹《い》れると張り切って応《こた》えた。

「本当はうちの奴に任せてェんだが、お袋がお栄じゃなけりゃ駄目だというからよ」

「………」

「うちの奴も、もう少し、しっかりしてくれたらいいんだが」

「おかみさんのこと、心配しているのね」

「あいつァ、おれがいなかったら何もできねェおなごよ。だから、おれにもしものことがあったらどうしようかと、いつも考えている」

「もしものこと？」

不吉なことを言った金次郎をお栄はじっと見た。何か胸騒ぎでも覚えているのだろうか。

「ああ。年のせいか、この頃は心配事が増えてよう」

「年のせいだなんて、兄さんはまだ三十六の男盛りだ」

「親父《おやじ》とお袋は年々、弱ってくる。金作ももう少し経《た》てば難しい年頃になる。おれがいる内は殴ってでも言うことを聞かせるが、うちの奴一人じゃ手に余る」

「金作は、は組の跡取りだ。うちの人もそれはようくわかっている。おけいさんが甘やかしても、うちの人は譲らない。そうだろ？」

「そ、そうだな。由五郎が仕込んでくれるよな」

「ああ。金作は兄さん譲りで身のこなしがいい。きっと正月の梯子《はしご》乗りでも、火事場の纏持《まといも》ちでも、そつなくやるさ」

「本気でそう思ってくれるのかい」

金次郎は嬉《うれ》しそうに訊《き》く。

「もう、兄さん。今から何を心配してるんだよ。それを考えるのは、まだまだ先のことじゃないか。今は兄さんががんばることさ」

お栄は金次郎を励ました。金次郎は安心したように、ようやく笑った。

二

村椿太郎左衛門は祭りが近くなると、以前にもまして頻繁に吉蔵の家を訪れるようになった。祭りの準備で忙しい吉蔵の家は、慌《あわただ》しく落ち着かないのだが、太郎左衛門はむしろ、その慌しさを楽しんでいるような感じだった。

吉蔵の女房のお春に用事でも頼まれると嬉々《きき》としてやってくれる。

その日も、炭屋へお使いに行き、鼻の頭に汗をかいて戻って来たところだった。

「大おかみさん、炭十《すみじゅう》さんは昼過ぎに炭を届けて下さるそうです」

太郎左衛門は張り切ってお春に報告した。

「まあ、坊ちゃん、ありがとう存じます。お武家の坊ちゃんにお使いを頼んでしまって申し訳ありませんでしたねえ」

お春はすまなそうな顔で応える。

「いえいえ。拙者、至って暇ですから、何んでもお手伝いします」

太郎左衛門は可愛《かわい》いことを言う。お栄は感激して大袈裟《おおげさ》に太郎左衛門を抱きしめた。

「ああ、かわゆい。たろちゃんは人柄がいい上に、人の役に立つ坊ちゃんだ。こんな子、よそでは滅多にいないよ」

お栄がそう言うと、娘のおくみが不服そうに口を返した。

「あたいだっていい子だもん」

「お前にお使いは、まだ無理だよ」

お栄は太郎左衛門の手前、にべもなく言った。おくみはその拍子に泣きべそをかいた。

「もう、すぐ泣くんだから。いいかえ、おっ母さんは、泣く子は嫌いなんだよ」

お栄は太郎左衛門の身体を離すと、くさくさした表情で言った。

「おかみさん、拙者もすぐに泣きます。拙者も嫌いですか」

太郎左衛門は心細い声で訊いた。お栄は言葉に窮した。そうだった。太郎左衛門もおくみに負けない泣き虫だった。お栄の困った顔を見て吉蔵はからからと笑った。

「お栄。墓穴を掘っちまったな。餓鬼の内は泣いたっていいんだ。大人になったら、そうそう人前で泣くことはできねェ。今の内にせいぜい泣いておくことだ」

吉蔵はおくみに言ったつもりのようだが、太郎左衛門は安心したように肯いた。

「祖父《じい》ちゃん、大好き」

　おくみは吉蔵の首に抱きついた。

「しかし、江戸は祭りとなると誰しも張り切りますね。神田明神や山王権現だけでなく、深川八幡も盛んです」

　太郎左衛門は物知りの子供らしく言った。

「さいです。その三つが江戸じゃ大きな祭りということになっておりやす」

　茶の間で吉蔵達が話をしていても、人が切れ目なく訪れる。近所の女房が祭り当日の段取りを声高にお春に訊《たず》ねると、お春もまた声高に応える。かと思えば、別の女房が甕《かめ》に入れた梅干しを届けに来る。酒屋が御用聞きにやって来る。吉蔵も昼飯を食べたら町内の町年寄と打ち合わせがあった。全く気の休まる暇もない毎日だ。早く祭りが終わって普段の暮らしに戻りたいと吉蔵は思っているが、若い者は祭りがなければ生きている甲斐《かい》がないとばかり熱くなっていた。

「皆、神社の祭りですよね。その割にお寺の祭りは精彩がもう一つのように思えます」

　太郎左衛門は腑《ふ》に落ちない顔で言う。

「たろちゃん、本当にそうですね。いやだ、あたし、今までそれに気づかなかった」

お栄は驚いたように口を挟んだ。

「お上は切支丹《きりしたん》の信者を増やさないために仏教を保護していると父上は言っておりました。それなら、お寺の祭りの方が盛んになっていいはずなのに」

太郎左衛門は首を傾《かし》げる。その仕種《しぐさ》が可愛い。

「そいつァ、坊ちゃん。あれですよ」

吉蔵は煙管《きせる》に刻《きざ》みを詰めながら言う。

「あれって何よ」

お栄はすかさず言葉を急《せ》かす。年のせいか、この頃は思った言葉がすんなり出ない。刻みに火を点《つ》けてから吉蔵はようやく言葉を繋いだ。

「つまり、寺はお武家さんの方に贔屓《ひいき》が多いじゃねェですか。町家者《まちやもの》はそれに逆らって神社の神さんを持ち上げるんですよ」

「そうかしらねえ」

お栄は疑わしい様子だ。

「いや、拙者も頭のおっしゃる通りだと思います。江戸は何んといっても町人の天下です。稲荷《いなり》が四十四、八幡が十七、神明が六、氷川が四ですか……皆、江戸の人々に大切にされております。それに比べ、お寺の方は、ご先祖様がお世話になっている所にお彼岸やお盆に行くぐらいですからね」

太郎左衛門はそう言った。

お栄が感心して眼を大きく見開いた。

「たろちゃん、神社の数をよく覚えていますね」

「いえ、これも父上から伺いました。父上は世の中のことをよくご存じですよ。ですが、お祖母《ばば》様に言わせると、つまらぬことばかり覚えていて、肝腎なことは抜けているそうです」

太郎左衛門の言葉に吉蔵はぐふッと噴いた。

いかにも太郎左衛門の祖母の里江が言いそうなことだった。

「でも、何んでも知らないより知っていた方が、あたしはいいことだと思いますけどねえ。きっと役に立つことがありますよ。たろちゃんもお父上を見習った方がよござんすよ」

お栄はきっぱりと言った。太郎左衛門もにこりと笑って「はい、そのつもりでおります」と応えた。

「大伝馬町の山車は、いの一番に渡りやす。坊ちゃん、ご隠居様にはくれぐれも見逃さねェようにおっしゃっておくんなさい」

吉蔵は機嫌のよい声で言った。

「見逃すものですか。真っ白な鶏が大きく羽を拡《ひろ》げている山車は一番目につきます。心配なのはお天気だけですね」

「ああ、雨になるのは困りものです」

吉蔵も天気のことだけが心配だった。

「あたい、てるてる坊主を拵える」

おくみが叫んだ。

「拙者も拵えます」

太郎左衛門はおくみと顔を見合わせて笑った。

「あたい、おっ母さんとお揃《そろ》いの着物を着るの。髪も結って、びらびら簪《かんざし》も挿《さ》すの」

おくみは得意そうに言う。

「それは楽しみですね。拙者も、は組の半纏《はんてん》を着て、当日はお手伝い致します」

「坊ちゃん、祭りの手伝いもいいですけど、来月はやっとうの紅白試合があるそうじゃねェですか。そちらの稽古《けいこ》は大丈夫ですかい」

吉蔵は途端に心配になった。昨年の秋の紅白試合では、太郎左衛門の成績は芳《かんば》しくなかった。

「頭、なるようにしかなりません。心配しても始まりません」

太郎左衛門は他人事《ひとごと》のように応える。昨年から比べると太郎左衛門はずい分、成長したものだ。この調子なら一回戦ぐらい突破できるのではないかと思うが、多分、それは吉蔵の甘い考えだろう。吉蔵は灰落としに煙管の雁首《がんくび》を打ちつけて「やれやれ」と独り言を呟《つぶや》いた。


神田明神の行列は山王権現の構成とは少し違う。山王の方は山車が前で、その後に神輿《みこし》行列が続くが、神田では神輿が山車の列の間に挟まれる。それは神田明神の神主の意向だったという。それにより、神輿と山車の間合の取り方には周到な注意が必要だった。山王権現より町と一体化しているのも神田明神の特徴だった。

町々を練り歩く神輿行列は将軍の上覧《じょうらん》を仰ぐ大切な儀式が含まれる。神輿は城内に入るのだが、各町の山車は北の丸の上覧所には入らず、出口の竹橋《たけばし》御門の傍で待機するのだ。

祭礼は当日の未明から始まる。湯島聖堂の近くにある桜の馬場に集合する。

大伝馬町から駆けつける吉蔵にとって容易ではない距離だった。当日、町内で火事でも起きたら目も当てられない。吉蔵は神輿行列が首尾よく渡ることより、そちらが心配だった。

吉蔵は毎朝、神棚に火事が起きないことを一心に祈った。

三

九月十五日の祭礼の当日は、あいにくの曇り空で、風も強かった。沿道で見物する人々の頭も風に嬲《なぶ》られ、そそけていた。

吉蔵は大伝馬町の山車の前を歩いたが、風のせいで汗をかいてもすぐに引いた。おまけに午後になると風は一層強くなり、羽を拡げている白鶏の山車が引っ繰り返るのではないかとはらはらのし通しだった。

だが、見物を楽しみにしている人々は吉蔵の苦労など知る由《よし》もなく、綺羅《きら》を誇る山車に眼をみはり、神輿を担《かつ》ぐ男達に歓声を挙げ、こぞって塩を撒《ま》いた。

風が吹こうが槍《やり》が降ろうが、江戸の人々にはお構いなしだった。何んのこともない、いつもの祭りの風景だった。行列は、さして滞《とどこお》りもなく無事に進んだ。

日暮れになり、神輿を神田明神の本社に納め、大伝馬町の山車も町内の倉庫に納めた時、吉蔵はものを言う元気もなかった。

足の親指と中指は皮がめくれたようで痛みを覚えた。おまけに長道中で腰もだるい。その夜は久しぶりに按摩《あんま》の世話になろうかと考えていた。

「ご苦労さん」

ようやく家に辿《たど》り着くと、お春は吉蔵の労をねぎらったが、そういうお春の声もくたびれていた。お春は朝から掌《てのひら》を真っ赤にして握り飯を拵《こしら》えたのだ。もう、おむすびの顔を見るのもいやだと冗談を言った。

「お栄はどうした」

家にはお栄と孫のおくみの姿がなかった。

「せっかくおくみが晴れ着を着たんで、堀留の義兄《にい》さんの所へ見せに連れてったよ。その後でこけし屋のお勝さんの様子も見てくると言っていた。今日は忙しかったんで、とうとう、こけし屋には行けなかったからね」

「おくらちゃんが代わりに行かなかったのかい」

おくらも時々、お勝の世話を焼いてくれていた。

「おくらちゃん、午前中は顔を出してくれたようだが、旦那が来るようなことも言っていたから、そう長居はできなかっただろうよ」

「米沢町の娘は顔を出さなかったのかい」

「さあ、こっちに来ていたなら、あたしに声を掛けるはずだけど……」

「何んでェ。そいじゃ、今日はお勝さん一人でいたのか。めしはどうした」

「おむすびを届けさせたから、それを食べていたと思うけど」

「火なんざ使わなかっただろうな。今日みてェな日に火事でも出されたら事だ」

「そうだねえ。あたし、ちょいと様子を見て来ようか」

お春は途端に心配になったらしく、腰を浮かせた。

「ああ。そうした方がいい」

吉蔵はそう応《こた》えると足袋を脱いだ。案の定、足の指の皮がめくれていた。それを見て、お春は浮かし掛けていた腰を下ろした。

「お前さん、軟膏《なんこう》をつけるかえ」

「なあに、このぐらい」

「でも、つけた方がいいよ」

お春は薬箱から軟膏を取り出し、吉蔵の足の指の間に白い軟膏を擦りつけた。

「おれのことはいいから、早くお勝さんの様子を見て来い」

吉蔵はお春を急かした。その時、二人の耳に火の見櫓《やぐら》の半鐘《はんしょう》の音が聞こえた。半鐘は途中から擂《す》り半《ばん》に変わった。至近距離の火事を伝えるものだった。ぎくっと吉蔵は肩に痛みを覚えたが、「お春！」と、すぐに火事装束の用意を言いつけた。

そうこうする内に由五郎が慌《あわ》てふためいて戻って来た。

「親父、火元はこけし屋だ」

「何んだとう！」

恐れていたことが本当になったらしい。お勝はお栄が忙しいと思って、自分で晩飯の用意を始めたのだろう。竈《かまど》の火か、それとも外に七厘《しちりん》を出して魚でも焼いたのだろうか。

風は日中ほどではなかったが、それでも結構強く吹いていた。

ぐずぐずしている暇はなかった。用意を調えて自身番横の空き地に駆けつけると、義兄の金八もやって来ていた。だが、金次郎の姿はなかった。

「義兄さん、金次郎はどうした」

「奴はお栄と一緒にひと足早くこけし屋へ向かった。全く、祭りの日だってェのに、あの女も人騒がせだぜ」

金八も疲れた顔をしていたが、口調は存外、元気だった。空き地には、は組の連中がたちまち揃った。連中は町内の肝煎《きもい》りに酒を振る舞われていたようだが、これでは酔いもいっぺんに醒《さ》めたことだろう。

「そいじゃ、疲れているところ悪いが、もうひと働きしておくれ」

名主がは組の連中に声を掛ける。連中は威勢よく「へい!」と、応えた。

一町も歩かない内に燻《いぶ》った臭《にお》いが鼻を衝《つ》いた。こけし屋は同じ町内だが堀留に近い裏小路だ。周りは狭い民家が固まって建っていた。

吉蔵は類焼を恐れて、平人《ひらびと》に鳶口《とびぐち》を使うことを、すぐさま命じた。

由五郎は屋根に上がって纏《まとい》を振るう。真っ黒な煙がこけし屋の中から洩《も》れているのが不気味だった。

近所の人間は家財道具を運び出すのに必死だ。加えて野次馬が通りを塞《ふさ》ぎ、店の前に行くのも容易でなかった。

「どけ、どけ!」

吉蔵は荒い声で野次馬に怒鳴った。火事場の整理をする岡っ引きの姿がなかった。おおかた祭り酒に酔っているのだろう。

「とんでもねェ岡っ引きだ、役立たず!」

吉蔵は悪態《あくたい》をついたが、その声は火消連中の怒号にかき消された。

「お父っつぁん!」

真っ青な顔をしたお栄が吉蔵の腕を摑《つか》んだ。

傍には、おくみがおくらに手を取られて立っていた。

お栄の眼の色が尋常ではない。

「お勝さんはどうした」

「中」

「中ァ？」

吉蔵は間抜けな声を上げ、煙を吐き出す平屋を見つめた。

「兄さんが助けに行った。でも、まだ出て来ない」

お栄は震える声で応えた。吉蔵は龍吐水《りゅうどすい》の男達に怒鳴った。

「早くしろィ、金次郎が中にいるんだ」

吉蔵の声で龍吐水を受け持つ佐五七《さごしち》と梅次《うめじ》の二人は、慌てて煙に向かって水を掛けるが、情けないほど勢いが悪かった。

そうこうする内に、突然、ぼっと家の中に火が点き、黒い煙は紅蓮《ぐれん》の炎と化した。

「兄さん、兄さん！」

お栄は声を限りに叫ぶ。纏を振るっていた由五郎の顔も紙のように白い。だが、取り乱すこともなく、由五郎の纏は回る。夜目にも馬簾《ばれん》が白い。一度消口《けしぐち》（消火の権利）を取ったら何があっても纏を離さないのが纏持ちの意地だ。

勝手口から金次郎がお勝を横抱きにして現れると、野次馬から一斉に安堵《あんど》の吐息が洩《も》れた。金次郎は煙に咽《む》せ、湿った咳《せき》をした。

その割にお勝は平気な顔をしている。吉蔵もほっと安心して、短い吐息をついた。

が、何を考えたのか、お勝は突然、燃え盛る家の中に戻ってしまった。

「あ、こら、小母《おば》さん、何する！」

慌てて金次郎が腕を伸ばしたが間に合わなかった。金次郎は水を被《かぶ》る暇もなく、お勝の後を追う。

「兄さん、やめて」

お栄は必死に叫んだ。金次郎は一瞬、お栄の方を見たが、何も言わず中へ入った。

平人の三人が金次郎を援護するつもりで後へ続いた。

ほんのつかの間の時間でも、その時は途方もなく長く感じられた。こけし屋の中は火の色に染まっている。

お勝が平人に両腕を支えられるようにして出て来た。お勝の手には位牌《いはい》がしっかりと握られていた。その後から金次郎の姿が見えた。

「兄さん、早く出て！」

お栄は金切り声で叫ぶ。

今にも軒が崩れ落ちそうだった。足早に外へ出ようとした金次郎だったが、半纏の袖《そで》が妙な具合に入り口の柱に引っ掛かった。釘《くぎ》の先でも出ていたのだろうか。

平人の宇助《うすけ》がそれに気づいて手を貸した。

金次郎の身体《からだ》の周りは、ぱちぱちと火花が爆《は》ぜている。

無理やり宇助が金次郎の身体を引っ張った時、地響きを立てて屋根が崩れ落ちた。

二人は、あっと思う間もなく屋根の下敷きになった。

今見ている景色が吉蔵には信じられなかった。お栄の悲鳴が聞こえなかったなら、吉蔵は夢か幻と思っただろう。

由五郎も纏ごと下へ落ちたが、幸い天井の低い平屋なので、由五郎は大事なく地面に着地した。すぐさま、由五郎は屋根をどかしに掛かろうとするも、なかなか思うように行かなかった。焦《あせ》る気持ちは、いやが上にも不安を大きくしていった。

「お職、お職！」

組の連中は金次郎の無事を祈りながら死に物狂いで屋根の撤去を続けたが、金次郎は二度と再び吉蔵とお栄の前に元気な姿を現わすことはなかった。

四

金次郎の女房のおけいは気が違ったかと思うほど取り乱した。皆、お栄のせいだと詰《なじ》った。お栄が一緒に行ってくれと頼まなければ、金次郎は仕度を調えて出かけたはずだ。火事装束もなしでは火に巻かれたら命を落とすのも道理だと。

全くその通りだったから、お栄は何も言えず、唇を嚙《か》み締めて俯《うつむ》いていた。あんな惚《ぼ》けた年寄りなんざ、うっちゃって置けばよかったのだと、おけいは悪態もついた。お栄もおけいと同じことは考えた。

どうせなら、お勝が死んだ方がよかったのだと。だが、それは間違っても口にはできない。火消は人の命を守るのが本分だ。

男盛りの金次郎の命も、惚けたお勝の命も同じ命だ。どちらを守るのかといえば、それはやはりお勝だろう。

「運が悪かったんだよ、お栄」

吉蔵はそう言うしかなかった。金次郎は平人の宇助とともに屋根の下敷きになって押し潰《つぶ》されたのだ。遺骸《いがい》は紫色の痣《あざ》が目立った。

「わかっている。わかっているけど……」

こんな形で二人の決着がつくのは残酷だと思う。金次郎への思いは時が解決してくれるものと思っていた。年を取って、生臭いものがすっかり抜けた頃、自分達の中にあった熱い火も静かに消えてくれるだろうと。

顔に白い覆《おお》いを掛けた金次郎は堀留の家の奥の間で静かに横たわっていた。おくらに頼んで、おくみは大伝馬町へ連れて行って貰《もら》った。お栄は晴れ着のまま、吉蔵も刺子《さしこ》半纏《ばんてん》を脱いだだけの恰好《かっこう》で金次郎の枕許《まくらもと》に座っていた。

お勝は米沢町の娘のお百合が迎えにきた。

これからは家も焼かれたことだし、お勝は向こうで暮らすことになるだろう。原因は竈らしい。火のつきが悪いので、お勝はつけ木をいつもより多めに竈にくべた。それが思わぬ勢いで燃え、竈から洩れた炎が何かに引火したのだ。だがそれも詳しいことはわからない。お勝の話は要領を得ないことが多かったからだ。

おけいに誘われたように金次郎の母親のお富が遺骸《いがい》に縋《すが》りつく。お栄は自分も金次郎に縋りついて泣きたかったが、おけいの手前、それはできなかった。

おけいは半刻《はんとき》ほど泣いた後、ようやく顔を上げた。瞼《まぶた》がすっかり腫《は》れていた。

「でもこれで、うちの人はようやくあたしのものになった。あたしだけのものになった。それがあたしの救いだよ」

おけいは観念したように静かな声で言った。

おけいが何を言いたいのか、お栄以外はわからなかっただろう。お栄は錐《きり》で刺されたように胸の痛みを覚えた。

おけいは勝ち誇ったようにお栄に向き直った。

「お栄さん。何んとか言ったらどうなのさ」

「あたしは別に……」

お栄は返答に窮した。周りにいた者もおけいが動転して筋違いな言い掛かりをつけているとは思っていたが、何しろ亭主を亡《な》くしたおけいに同情する気持ちが勝っていたので、おけいを制する者はいなかった。そこに由五郎がいなかったのが、お栄にとってはまだしも幸いだった。由五郎は平人の宇助の家に悔やみに行っていたのだ。吉蔵もすぐにそちらへ回るつもりでいた。

お富は、いつもならお栄の肩を持ってくれるのだが、その時はさすがに一人息子を亡くしたのがこたえていて、咽《むせ》び泣くばかりだった。

「あんたには色々、肝を焼かせられることが多かった。あたしはねえ、うちの人があんたと手に手を取って駆け落ちするのじゃなかろうかと夜も寝られなかったんだ。

え？　その気持ち、あんたにわかるかえ」

普段はぼんやりで口数の少ないおけいが、その時はやけに饒舌《じょうぜつ》だった。おけいは金次郎を失くした衝撃で人が変わったように、お栄には思えた。

「おけいさん、堪忍《かんにん》して下さい。あたしが兄さんを殺したようなものだ。それはようくわかっております。でも、でも……」

後の言葉が続かない。何を言っても嘘《うそ》になりそうな気がした。

「あたしが殺しただァ？　ふん、ご大層な口を利《き》くよ。ああ、そうともさ。あんたがうちの人を殺したんだ。だが、もう四の五のなんて言わせない。あんたの出番はないと了簡《りょうけん》しておくれな。悪いが、お弔いにも遠慮してほしいものだ」

おけいの思いは、いっきにお栄に向けて弾《はじ》けていた。

「おけい、馬鹿なことを言うな。お栄は赤の他人じゃねェ。金次郎のいとこだ。そういう訳にゃいかねェよ」

金八がようやくおけいを制した。

「お舅《と》っつぁんは黙っていて」

おけいの剣幕に、悔やみに訪れていた近所の者は小声で何事かを囁《ささや》く。それから非難する眼でお栄を見た。

「おけいさんがそうまでおっしゃるんなら、あたしはお弔いにご遠慮しますよ」

お栄はおけいの気持ちを酌《く》んで殊勝に応《こた》えた。

「ああ、そうして貰おうか。うちの人はもう、あんたのものじゃない。あたしだけのものだ」

おけいは同じ言葉を繰り返した。お栄は自分の腿《もも》にきつく爪《つめ》を立てた。

「お栄、黙っていな」

お栄の様子に吉蔵はさり気なく制したが、お栄は却《かえ》って逆上したらしい。

「こんな時に悪態をつくのは筋違いだと百も承知で言わせていただきますよ。おけいさん、最前から兄さんを自分のものだとさんざん、おっしゃっておりますが、わざわざ念を押さなくても兄さんは最初《はな》っからおけいさんのものじゃございませんか。兄さんはおけいさんと所帯を持つ前も持った後も、あたしのものになったことは一度だってございませんよ。おけいさんのもの言いは、まるであたしと兄さんが深間《ふかま》になっていたように聞こえますよ」

「ふん、きれいごとをお言いでないよ。あんたとうちの人が相惚《あいぼ》れだったことは誰だって知っていることだ」

「そうですね、お互い独り者の時はそうだったかも知れません」

　お栄は低い声で応えた。

「いつだって、うちの人の傍をくっついて、いやらしい女だったよ」

　おけいは、ここぞとばかり毒のある言葉を吐く。堀留の家にはおけいの実家の母親と姉も顔を出していた。二人を味方につけて勇気百倍とばかり、おけいはまくし立てた。時々、おけいと面立ちのよく似た母親がおけいの袖を引いて牽制《けんせい》するが、おけいは止まらなかった。おけいの姉はさんざん愚痴を聞かされていたらしく、お栄を見つめる眼は冷ややかだった。息子の金作も拳《こぶし》で眼を拭《ぬぐ》いながらお栄を睨《にら》む。お栄は自然に伏目がちになった。

「それじゃ、おけいさんは、あたしが兄さんの傍を離れないのを苦々しく思っていたのですね」

　お栄は低い声で訊《き》いた。

「ああ、そうともさ。いつかあんたに煮え湯を飲ませてやりたいものだと思っていたわな」

「その通りになったじゃありませんか。ここに来てまであたしに恥をかかせないで下さいな。兄さんをあたしから奪ったのはおけいさんですよ」

　お栄はたまらず立ち上がった。これ以上、そこにはいられなかった。

「おけいよ、金次郎が死んだのは誰のせいでもねェ。運が悪かっただけだ。火消の御用を務めているからにゃ、こんなことが起きるのも覚悟の上だ。金次郎は立派に、は組のお職の役目を果たしたんだ。金次郎の枕許で痴話喧嘩《げんか》をしたんじゃ、金次郎は浮かばれねェぜ」

金八はお栄を庇《かば》ってそう言った。

「伯父さん、ありがと」

消え入りそうな声でお栄は礼を言うと、そそくさと土間口へ向かった。

「そいじゃ、おれはこれから宇助の家に顔を出さなきゃならねェんで、これでご無礼致しやす」

吉蔵もお栄の後を追うように腰を上げた。

「吉蔵。宇助の親御さんにくれぐれもよろしく伝えておくれな。宇助は金次郎を庇って死んだんだ。いっそ、気の毒だよ」

お富は弱々しい声で、それでも言った。

「ああ。姉ちゃん、気を落として具合を悪くすんなよ」

吉蔵は弟らしく姉を気遣った。

外に出ると、お栄はたまらず袖で顔を覆《おお》った。吉蔵はお栄の細かく震える肩を見ながら「こんなことになるとはな。日中は元気にしていた金次郎が、夜には変わり果てた姿になるなんざ、全く世の中は何が起きるかわからねェ」と、吐息混じりに言った。

「言わないで！」

お栄は頭を激しく振った。

「おけいは、よくもあれほど憎まれ口を叩《たた》いたもんだ。お前ェに対する悋気《りんき》は相当のもんだった。おなごの気持ちは恐ろしいぜ」

お栄は洟《はな》を啜《すす》って顔を上げた。

「あたしも兄さんの傍でわめきたかった。でもそれはできなかった。うちの人の前でも泣けない。それじゃ、うちの人に悪いもの」

「泣いたっていいじゃねェか」

「いいや。あたしはうちの人の女房だ。他の亭主のために身も世もなく泣く訳にはいかないのさ」

「…………」

「泣けないってのも切ないねェ。お父っつぁん、あたしは、お弔いには遠慮するから、後のことは頼んだよ」

「ああ」

「明神さんのお祭りだっていうのに……あたしは前世でどんな悪業を働いたんだろう。つくづく因果に生まれついたもんだ」

「おれだって、せめて祭りの日だけは火事が起きねェようにと祈っていたぜ」

「信心が足りなかったのかねえ」

「落ち着いたら明神さんに改めてお参りに行くか」

「あい」

お栄は応えたが、また思い出すように眼を濡《ぬ》らした。

五

金次郎の野辺の送りには太郎左衛門も出席した。金次郎の死は太郎左衛門にも相当こたえたらしく、いつまでもほろほろと泣いていた。

「たろちゃん、あたしは行けないから、あたしの分まで兄さんを弔っておくんなさいましね」

堀留の家に出かける時、お栄はそっと太郎左衛門に言った。太郎左衛門は、なぜ行かないのかとはお栄に訊かなかった。黙って肯《うなず》いただけだ。込み入った事情があるのを察しているような表情だった。

一人残るお栄にお春は、「お栄、馬鹿なことは考えるんじゃないよ」と、念を押した。お春はお栄が金次郎の後を追うのではないかと心配していた。そんなことはないと吉蔵は確信している。

堀留の家で泣くことすら我慢していたお栄が後を追っては、由五郎の顔を潰すことになる。間違ってもそんなことはするはずがなかった。

だが、はかな気なお栄の表情は吉蔵の胸に引っ掛かっていた。

通夜には大勢の弔い客が訪れた。通夜は金次郎が亡くなった翌日の夜に行なわれた。やはりその時もお栄は遠慮した。お勝の娘のお百合も悔やみに訪れ、涙ながらにおけいに詫《わ》びたが、おけいは、お百合には一言も口を利かなかったという。

金次郎の野辺の送りの行列が通ると、町の人々は通りに出て掌《て》を合わせた。その数は大袈裟《おおげさ》でもなく神田明神の神輿《みこし》行列に匹敵するほどだった。

誰しも行列の最前で位牌《いはい》を持って歩く金作の姿に涙をこぼした。お職、お職の声は通りの人々から絶え間なく上がった。

お栄が人垣の後ろでひっそりと掌を合わせていたのに吉蔵は気づいた。

一人になった家で、お栄は思う存分、泣いただろうか。浅草の寺まで歩きながら、吉蔵は娘が不憫《ふびん》だと心底思っていた。

浅草の菩提寺《ぼだいじ》の墓に金次郎の亡骸《なきがら》を納め、吉蔵達が大伝馬町に戻ったのは昼過ぎだった。

どうした訳かお栄の姿がなかった。

由五郎は、これから仲間内で金次郎の弔いを兼ねて飲む算段をしていたので、姿の見えないお栄に頓着《とんちゃく》することもなく、紋付を脱ぎ捨てると、さっさと出かけた。

「どうしたんだろうねえ、お栄は。家を空けっ放しで、空き巣に入られるじゃないか」

お春は着替えをする吉蔵に手を貸しながらため息混じりに言った。

「その内、帰ってくるだろう」

「まさか、馬鹿なことを考えちゃいないよね」

お春は悪い予感を覚えているのだろうか。

「お、脅《おど》かすない」

「お勝さんの様子でも見に行ったんだろうか」

「それにしたって、おれ達が戻ってから出かけたらよさそうなもんだ」

「おくらちゃんの所かねえ」

「わからねェな」

「頭、おかみさんを探しに行きましょう」

太郎左衛門は真顔で言った。

「でも、たろちゃん。お疲れでしょう？　今日はずい分、歩きましたから。おくみ、お前が祖父ちゃんとお行き」

お春はおくみに水を向けた。

「あたい、足が痛い。おうちにいる」

「………」

「頭、拙者なら大丈夫です。おかみさんが心配でたまりません」

「ありがてェなあ。坊ちゃんが一緒なら、あっしも心強いというものだ。米沢町に行って、それから、あすこら辺を探しやしょう。案外、名物の粟餅《あわもち》なんぞをぱくついているかも知れねェからよ」

太郎左衛門はその拍子に「うふふ」と笑った。

米沢町の伊勢屋を訪れると、やはりお栄は顔を出したと、お百合は言った。浮かない顔でお勝と何やら話をしていたらしい。

「でも頭。うちのおっ母さん、あれからすっかりおかしくなって、夜中でも大声を出したりするんですよ」

お百合は暗い顔で言った。

「無理もねェよ。怖い思いをさせちまったからなあ。その内に落ち着くだろう。疳《かん》の虫の薬でも飲ませてやってくれ」

「いやだ、頭。子供でもあるまいし」

お百合はその時だけ、ふっと笑った。

だが、お栄は吉蔵と太郎左衛門が訪れる半刻《はんとき》も前に帰ったという。

吉蔵はお勝のことを頼むと言い置いて伊勢屋を出た。

「おかみさんはどこへ行ったのでしょうね」

太郎左衛門は吉蔵を見上げながら訊く。

「さてな。とんと見当がつかねェ」

「芝居小屋でも覗《のぞ》きますか」

「芝居小屋へ入る元気がありゃ、別に心配はいらねェよ」

「それもそうですね。問題はもしもの場合ですよね」

太郎左衛門は眉間《みけん》に皺《しわ》を寄せて渋面を取り繕う。いつもは、そんな太郎左衛門の顔を見て苦笑する吉蔵だったが、その時はもちろん、笑うことなどできなかった。

二人はそれから当てもなく両国広小路を歩き回った。

陽が傾いて来ると、吉蔵はいつまでも太郎左衛門を連れ回すのが心苦しくなった。松島町の村椿家には断りを入れているが、それにしても、もう帰さなければならないと思った。

「坊ちゃん。ぼちぼち日が暮れやす。お栄のことはこっちに任せて、坊ちゃんはお屋敷にお帰りなさいやし。お母上様が心配なすっておりやす」

「でも……」

「坊ちゃんには親身になってお栄のことを探していただきやした。あっしはありがたくて涙が出まさァ」

吉蔵は込み上げるものに喉《のど》を詰まらせた。

「頭……」

太郎左衛門はそっと吉蔵の手を握り、それから少し強く力を込めた。吉蔵は太郎左衛門が自分を慰めてくれているのだと思った。

ぐすっと洟を啜って太郎左衛門の顔を見た。

だが、太郎左衛門は吉蔵を見ていなかった。視線は両国橋に向けられていた。太郎左衛門は、そっと橋の上を指差した。

「坊ちゃん。どうしやした」

吉蔵は目を細めてそちらを見た。すると、お栄が両国橋の真ん中辺りで、しゃがんでいる男と何やら話をしているのが目についた。男は笠《かさ》を被《かぶ》っていたので、橋の上で商いをしている者だろうと吉蔵は察しをつけた。

「行きましょう」

太郎左衛門は吉蔵を促した。

お栄に近づくにつれ、チチチチと小鳥の鳴き声が耳についた。それもそのはず、男は放《はな》し雀《すずめ》を生業《なりわい》にしている者だった。

雀籠《かご》に雀を入れ、道行く人に「お慈悲を、お慈悲を」と声を掛ける。捕えた生き物を放してやるのは仏教の善行の一つだ。放し雀の男はそれを逆手に取って商売をしているのだ。

なに、籠の中の雀は餌付《えづ》けしているので、客が僅《わず》かな金で雀を籠から放してやったとしても、いずれ飼い主の所へ戻って来ることになっている。

お栄は銭を出したらしい。紅紐《ひも》が解かれ、籠の蓋《ふた》が開けられると、雀は一斉に足許《あしもと》から飛び立った。お栄は雀の行方をしばらく眼で追っていた。

「おかみさん！」

太郎左衛門が叫んだ。お栄はこちらを向く。

何んとも気の抜けた表情だ。

「迎えに来たぜ」

吉蔵も言い添えた。笑ったお栄の表情が次の瞬間、崩れた。お栄は、その場にしゃがみ込んだ。

「おかみさん、泣かないで下さい。がんばって下さい。拙者もがんばります」

太郎左衛門はお栄の背中を撫《な》でた。お栄はたまらず泣き声を高くする。

両国橋はたそがれていた。通り過ぎる人々は泣いているお栄と宥《なだ》める太郎左衛門、所在なく突っ立っているだけの吉蔵をさり気なく避けて行く。

放し雀の男は面倒を恐れて、そそくさと店仕舞いした。

「幾ら取るんだ？」

吉蔵は男に訊《き》いた。

「へい、四十文いただいておりやす」

「たはッ」

思わぬほど高直《こうじき》だったので、呆《あき》れた声が吉蔵から洩《も》れた。男は居心地悪そうに空いた籠を抱えて本所の方へ去って行った。

松島町に太郎左衛門を送り届け、吉蔵とお栄はゆっくりと大伝馬町に向かって歩いた。

「放し雀なんて酔狂《すいきょう》なことをしてもよ、雀はまたあの男の所へ戻って来るんだぜ」

「知ってるよ。でもさあ、いっときでも自由の身にさせてやりたかったのさ」

「それでお前ェの気持ちは楽になったのかい」

「さあ」

「さあって、お前ェ……」

「伊勢屋を出てからさ、すぐに家へ帰る気にならなくて、両国橋から大川を眺めていたんだよ。そしたら、あの放し雀の男がお身内にお弔いはありやせんでしたか、後生を願って雀をお放しなさい、お慈悲をというものだから」

「それでか」

「ああ」

「お前ェらしくねェことをしたもんだ」

「兄さんは自分が死ぬことを何んとなくわかっていたような気がするのさ。多分それは、あたしだけしか感じていないだろう。いや、兄さんが死んだから、そう感じるのかも知れないけど」

思わぬことを言ったお栄を吉蔵は怪訝《けげん》な顔で見た。

「堀留の伯父さんと伯母さんは年々、弱る一方だし、金作はこれから難しい年頃になる。おけいさんがもう少し、しっかりしてくれたらって、ずい分心配していた」

「それでお前ェは何んと応えた」

「金作はうちの人が仕込むから心配しなくていいと言ったよ」

「そうだな」

「兄さん、とても嬉《うれ》しそうだった」

「金作は金次郎譲りで意地が強い。きっと立派には組を継ぐだろう」

「そうさ。は組の跡取りは金作だ。おくみが亭主を持って、その亭主が火消の御用をしたとしても、それは変わらない」

「お前ェはそれでいいのか」

「ああ。それが兄さんの遺言だと思っている」

「そいじゃ、由五郎にこれから踏ん張って貰《もら》おうか。お栄、由五郎を大事にするんだぜ」

「当たり前じゃないか。今までだって、あたしはうちの人を立てる健気《けなげ》な女房だったじゃないか」

お栄にようやく冗談が叩《たた》けるほどの元気が戻っていた。吉蔵は苦笑して鼻を鳴らした。

「手前ェで言ってりゃ、世話はねェよ」

そう言った吉蔵に、お栄は薄く笑った。

六

金次郎が亡《な》くなろうがどうしようが、日は容赦なく過ぎる。初七日から七日ごとに行なわれる金次郎の供養《くよう》も滞《とどこお》りなく進んでいた。

四十九日を目前にした神無月《かんなづき》の晦日《みそか》近くに太郎左衛門が通う町道場では秋の紅白試合が開かれた。

吉蔵はお栄と孫のおくみを伴って応援に出かけた。松島町の村椿家に迎えに行くと、太郎左衛門の祖母も一緒に行くと言った。

「さいですね。人数が多い方が坊ちゃんも励みになりやすでしょう」

吉蔵はそう言ったが、おくみは人見知りして、お栄の後ろに隠れて眼を合わせないようにしていた。里江は武家の女だから、近所のかみさん連中とはもちろん違った。威厳のある雰囲気は、おくみにとっては怖い感じにもなるのだろう。

屋敷内では大きく見える里江も外では小柄な豆婆《ばあ》さんだ。お栄は、「ご隠居様。足許にお気をつけて下さいまし」と注意を促した。

「お栄さん。年寄り扱いは無用でござるぞ。わたくしはこれでも若い頃、大和流《やまとりゅう》の薙刀《なぎなた》の稽古《けいこ》をしておりました。道端の石ころに躓《つまず》いて転ぶような無様は致しませぬ」

里江は気丈に応《こた》えた。

「ご隠居様の気性を受け継いでいるのですから、たろちゃんもきっとしっかりしたお侍になりますね」

お栄はお愛想に言う。

「なに、太郎左衛門の祖父は腑《ふ》抜けでございました。嫁の実家の祖父も口ばかりでさっぱりの男でございまする。孫に多くは期待できませぬ」

里江はにべもなく言う。孫自慢をする年寄りが多い中、里江は冷静に太郎左衛門を見ている。それは、太郎左衛門を可愛《かわい》いと思う気持ちとは別のようだ。だが、期待しないと言ったくせに、里江はどこか昂《たか》ぶっているようにも、吉蔵とお栄には見えた。

太郎左衛門は「お祖母《ばば》様、今回は見ていて下さい」と頼もしいことを言った。

吉蔵は内心でその言葉を怪しんでいたが、里江は、「その心構えだけは感心です」

と応えた。

吉蔵は昨年の秋の紅白試合で負けた情けない太郎左衛門の姿がまだ忘れられなかった。同じ負けるにしても、無様なことにだけはならないように、吉蔵は日夜、神仏に祈っていた。

その日は明るい陽射《ひざ》しが差すよい天気だった。道場のある浜町河岸《はまちょうがし》へ歩く道々、鳶《とび》が空の高い所でピーヒョロロと鳴いている声も聞こえた。

道場内に入ると、太郎左衛門は弟子達が座っている壁際《ぎわ》へ向かい、吉蔵達は向かい側の父母達の席に座った。里江と顔見知りらしい武家の女房が里江に挨拶《あいさつ》した。

「お孫様がご心配でおいでなすったのですね」

「いいえ、見事な負けっぷりを眺めに参りました」

里江は先回りして応える。吉蔵は里江を利口な女だと思った。無駄な虚勢は張らない。

「そのような。この頃、太郎左衛門さんは、ずい分、腕が上がったと息子が申しておりました」

「それは嬉しいことを」

里江はまだ話を続けたい様子の女房をさり気なく躱《かわ》して「頭。孫の出番は何番目ですかな」と訊いた。

「坊ちゃんは八歳組ですから、七歳組が終わった後になりやす」

「さようですか。それでは痺《しび》れが切れるほど待たされることもございませんね。勝負がついたら、さっさと退散致しましょう」

「ご隠居様。負けるとは決まっておりませんよ」

お栄が口を挟む。

「そうだよ。たろちゃん、一生懸命稽古をしたんだもの、一回ぐらい勝つよ」

おくみもお栄に加勢して言う。里江は眼を細め、「おくみちゃん、ありがとう」と嬉しそうに言った。

太郎左衛門に目を向ければ、いつもより厳しい表情をしていた。気合が入っていると吉蔵は思った。おくみじゃないが、一回ぐらい勝ってもよさそうなものだった。

場内はしんと静まり、道場主、伊坂紋十郎《いさかもんじゅうろう》が紅白試合の開催を告げ、六歳組から試合が始まった。太郎左衛門は正座した膝《ひざ》を両手で摑《つか》み、唇を真一文字に引き結んで、じっと試合を見ていた。

七歳組の試合は負けた者が悔しさに泣いた。

一人が泣けば、後の者も続く。吉蔵は太郎左衛門も泣きっ面《つら》を晒《さら》すのかと、始まる前から憂鬱《ゆううつ》になった。

やがて七歳組が終わり、八歳組に移った。

八歳組は十二人いて、太郎左衛門はその三番目だった。どうした訳か、以前に太郎左衛門と試合した琴江という道場主の娘がいなかった。風邪でも引いて欠席したのだろうか。

吉蔵は何んとなく、しめたという気持ちがした。あの琴江という娘は太郎左衛門でなくとも、誰も敵わないと思っていたからだ。

「紅《あか》、村井庄之介《むらいしょうのすけ》」

「はい」

「白、村椿太郎左衛門」

「はいッ」

返事をした太郎左衛門の声はドスが効いて聞こえた。庄之介、庄之介……どこかで聞いた名前に思えた。だが思い出せない。

「庄之介って、誰だったかな」

吉蔵は小声でお栄に訊《たず》ねた。

「たろちゃんをいじめていた子」

お栄が応えると、里江に声を掛けていた女房がちらりと振り返った。や、その女房が庄之介の母親だったかと吉蔵は気づき、慌《あわ》てて首を縮めた。お栄も、はっとした様子で眼を逸《そ》らした。だが里江は表情を全く変えなかった。

太郎左衛門は堂々としていた。竹刀《しない》をしっかりと握り、相手を見据えている。だが、動かない。頑《がん》として動かなかった。その間、ややしばらく。

庄之介はそれこそ痺《しび》れを切らし、遮二無二《しゃにむに》突っ込んだ。およよと、よろけた太郎左衛門を見て、吉蔵は思わず眼を瞑《つぶ》った。

だが次の瞬間、「勝負あり。白、村椿太郎左衛門！」と審判の白旗が挙がった。

「ええっ？」

信じられなかった。

「お父っつぁん、勝った。たろちゃん、勝った！」

お栄はおくみと手を取り合って興奮した声を上げた。庄之介の母親はそれを見て、ものも言わず、席を立った。

「踏み込んできた相手に体を躱して避《よ》け、その隙《すき》に胴に一本入れました。見事でござる」

里江は眼を潤《うる》ませて言う。負けた庄之介は席に着いてから盛大に泣いた。

「ざまァ、かんかん！」

おくみは、さもいい気味だというように甲高い声を上げる。

「そこ、お静かに」

審判がおくみを制した。おくみは恥ずかしそうにお栄の膝《ひざ》に顔を埋めた。

「まぐれだな」

吉蔵は独りごちた。里江はその時だけ吉蔵を睨《にら》み「頭。勝ちは勝ちでござるぞ」と窘《たしな》めた。

「へい、申し訳ありやせん」

吉蔵はぺこりと頭を下げた。

ところがまぐれではなかった。太郎左衛門の快進撃は続いた。道場内の誰しもが信じられないという眼で太郎左衛門を見ていた。無理もない。昨年の秋には棒立ちで、試合にもならずに負けているのだから。

ざわざわと道場内には喧騒《けんそう》が拡《ひろ》がった。審判も道場主も何度か「静粛《せいしゅく》に」と、声を荒らげた。

この次は負けるだろう、この次は幾ら何んでも無理だろう。おおかたの予想を裏切り、勢いをつけた太郎左衛門は、とうとう八歳組で優勝してしまった。

お栄は狂喜乱舞の態《てい》だった。さっさと退散するどころか、結局、吉蔵達は紅白試合が終わる夕方まで道場内に留まっていた。

褒美《ほうび》を受ける太郎左衛門は笑顔千両だった。

伊坂紋十郎は太郎左衛門の栄誉を讃《たた》えながらも、「兵法《へいほう》に無手人《むてじん》侮《あなど》るべからず、という諺《ことわざ》あり。竹刀の持ち様も知らぬ者を侮ると、心に弛《ゆる》みができるということでござる。各々方《おのおのがた》、それをよっく肝に銘じるように」と訓戒を垂れた。

里江はむっとした顔になった。

道場から出ても、里江の立腹は治まらなかった。

「あの伊坂という剣術遣い、何んと無礼な男であろう。太郎左衛門を無手人と称した。無手人が優勝などするものであろうか。これはひとえに太郎左衛門の日頃の稽古の賜物でござるのに」

「ご隠居様。あっしも内心で、あのお師匠さんは坊ちゃんのことを褒めているのか、けなしているのか、訳がわかりやせんでした」

「それだけ、たろちゃんの活躍が予想に反して見事だったということですよ。ああ、今日は何んていい日なんだ。こんなに嬉しい気持ちになるのは久しぶりだ。たろちゃん。あたしはねえ、たろちゃんのお蔭《かげ》で元気をいただきましたよ」

お栄は、まだ興奮が冷めずに太郎左衛門に言う。

「拙者、とても疲れました。決勝戦は腕も上がらないほどでした。でも、若頭ががんばれ、がんばれとおっしゃっている声が聞こえたので、拙者、がんばりました」

太郎左衛門は心底疲れた顔をしていたが、笑顔で応えた。

「え？　兄さんが」

お栄は怪訝な顔になった。

「実は、ずっと若頭に稽古をつけていただいていたのです」

「…………」

「秋の紅白試合での一勝を誓って拙者は稽古に励みました。こんなことは、恐らく一生に一度でしょう。琴江さんが音曲のおさらい会で出席なさらなかったので、拙者は勝つことができました」

「弔い合戦てか……こいつァ、畏《おそ》れ入る。ですが、一生に一度だなんて情けねェことはおっしゃらず、この先も勝っておくんなさい」

吉蔵は太郎左衛門を励ます。お栄は袖《そで》で顔を覆《おお》い、咽《むせ》んだ。金次郎の話が出たからだろう。

「お栄。放し雀のご利益《りやく》があったんじゃねェか」

吉蔵は思い出して言う。お栄は、うんうんと肯《うなず》いた。

「おっ母さん。泣いちゃ駄目。あたい、泣く人は嫌いなんだよ」

おくみはいつもお栄に言われていることを逆に言った。

「村井の息子の泣き顔は見られたものではございませんでしたな。わたくしも大いに溜飲《りゅういん》が下がりました。太郎左衛門、あっぱれでございました。今夜はお祝いを致しましょうぞ」

里江はようやく機嫌を直して口を挟んだ。

「拙者はその前に若頭へ報告に参ります」

太郎左衛門は健気に応えた。お栄は、それを聞くと、さらに声を上げて泣くのだった。

無事、これ名馬

一

茶の間の障子を透《す》かして、外から仄白《ほのじろ》い光が射《さ》しているので吉蔵の手足は温かいが、背中と腰はうすら寒い。炬燵《こたつ》に入っている吉蔵は、

七草を過ぎた江戸は静かに雪が降っていた。

仄白い光は雪の照り返しのせいだろうと、吉蔵はぼんやり思った。その雪も積もることはなく、明日には解けてしまうだろう。ひと月も暮らせば江戸は春だ。

吉蔵と差し向かいで炬燵に入っている太郎左衛門は、うどんを啜《すす》るのに余念がない。太郎左衛門は昼飯を済ませて来たと言ったが、お栄がうどんを勧めると嬉《うれ》しそうに「いただきます」と応《こた》えた。お栄は太郎左衛門の顔を見ると、腹が空いていないかと訊《き》くのが癖だ。昨年、元服を迎えた太郎左衛門は成長とともに食欲も旺盛《おうせい》である。それでいて無駄な肉がついていない。背丈はすでに吉蔵を超えている。頰から顎《あご》に掛けての線も若者らしく精悍《せいかん》な感じがしてきたが、愛嬌《あいきょう》のある眼は昔と同じである。

「そんなに喰って、大丈夫ですかい」

吉蔵は冗談めかして太郎左衛門に言った。

「全然。頭のところの喰い物は拙者の口に合います。何んでもうまい」

太郎左衛門は意に介するふうもなく応える。

「さいですか。しかし、よく肥えねェもんだ。感心しますよ」

「拙者はまだ少ない方ですよ。蕎麦《そば》を十三枚も喰ったり、汁粉を十杯喰ったりしても平気な顔をしている輩《やから》が仲間内にはざらにおります」

「たはッ」

吉蔵は呆《あき》れた声を上げた。

「頭は最近、あまり食が進まないようですね。おかみさんが心配しておりましたよ」

太郎左衛門は箸《はし》を止めて、つかの間、吉蔵を見た。

「還暦過ぎた爺《じじ》ィが、そんなにばくばく喰えるもんですかい」

「大おかみさんが亡《な》くなってから、頭はめっきり食欲がなくなりましたね。長生きするためにはたくさん召し上がらなければいけません」

太郎左衛門は吉蔵の身体《からだ》を心配して言う。

「長生きしても、どうなるもんでもなし……」

吉蔵は皮肉に応えた。女房のお春だけでなく、姉のお富も、その連れ合いの金八もすでに鬼籍に入っていた。太郎左衛門の祖母の里江も去年、みまかった。吉蔵の周りから櫛《くし》の歯を挽《ひ》くように人がいなくなった。残された吉蔵はこの頃、とみに寂しさを感じる。

「頭は拙者が祝言《しゅうげん》を挙げるまで長生きするとおっしゃったではありませんか」

太郎左衛門は不服そうに口を返した。

「まあ、それはそうですが、どうも近頃は自信がなくなりやしてね、勘弁しておくんなさい」

「もう……」

太郎左衛門はいら立ったような声を上げ、残ったうどんを汁ごと、すっかり平らげた。

「おかみさん、ご馳走《ちそう》様でした。おいしゅうございました」

太郎左衛門は空いた丼《どんぶり》を台所へ持って行き、お栄に声を掛けた。

「お粗末様。あら、きれいに食べていただいて。たろちゃんはお武家様なのに町家《まちや》の食べ物を好む人だ」

お栄は感心したように言う。

「おかみさん。うどんは武士でも喰いますよ。いやだなあ、話が大袈裟《おおげさ》で」

太郎左衛門は苦笑した。それから炬燵に戻り、茶の道具を引き寄せた。

「頭、お茶はどうです？」

「あ、ああ。そうだなあ、一杯いただきますか」

「はい」

太郎左衛門は嬉しそうに笑い、慣れた手つきで急須に湯を注いだ。太郎左衛門が吉蔵の家で茶を淹《い》れるのも珍しいことではない。

太郎左衛門の様子を見ながら吉蔵は不思議な気持ちになっていた。太郎左衛門は孫でも親戚《しんせき》の子でもない。太郎左衛門は、れきとした武家の息子である。それなのに、吉蔵の家で当たり前のような顔で寛《くつろ》いでいる。それが吉蔵には今さらながら不思議だった。

初めて太郎左衛門が吉蔵の家を訪れた時、太郎左衛門はまだ七歳の少年だった。吉蔵に男の道を教えてほしいと切羽詰まった顔で縋《すが》ったのだ。あれから十年近くの年月が過ぎた。

太郎左衛門が男の道を少しでも身につけたかどうかはわからない。飽きて、その内、来なくなるだろうというおおかたの予想を裏切り、太郎左衛門は、まめと言おうか、律儀と言おうか、吉蔵の家に通って来た。それは一方で吉蔵の楽しみともなった。吉蔵には男の孫がいなかったのでなおさらだった。

太郎左衛門に男の道を指南するどころか、反対に吉蔵が教えられたことも一つや二つではなかった。それは人としての優しさ、思いやりの心だろうか。三年前、吉蔵の女房のお春が死んだ時、太郎左衛門は、ふた廻り（二週間）も吉蔵の家に泊まり込み、意気消沈した吉蔵の傍にいてくれた。口先だけの悔やみより、吉蔵にはどれほどありがたかったことだろう。

もはや、太郎左衛門の存在を抜きにすることなど吉蔵には考えられなかった。だが、太郎左衛門の将来を考えると吉蔵は一抹《いちまつ》の不安も覚える。町火消を引き受ける鳶職《とび》の家に通うより、もっと他にしなければならないことがあるはずだった。

「はい、頭。熱いですから気をつけてお飲み下さい」

太郎左衛門は吉蔵の湯呑《ゆのみ》を差し出して言った。

「ありがとうよ。坊ちゃんが淹れた茶は格別にうまいというもんです」

「つまらないお世辞はやめましょう」

太郎左衛門は吉蔵をさらりと窘《たしな》めて、自分も口をすぼめて茶を飲んだ。太郎左衛門は茶が好物だった。他の若者に比べ、太郎左衛門は言動が大人びていた。落ち着いてもいる。

今まで突飛な行動をして人を驚かせたり、呆れさせたりしたことはない。太郎左衛門は常に安全な道を歩きたがった。それは時に吉蔵とお栄にいら立ちを覚えさせる。もっと若者らしく思い切った行動をしてもいいのだと思う。だが太郎左衛門は、決してそうはしなかった。

「たろちゃん。そう言えば、湯島の学問所のお試験はそろそろじゃござんせんか」

台所のお栄が、ふと思い出したように訊いた。

「学問吟味《がくもんぎんみ》のことですか？　それは十六日から始まりますが、拙者は関係ありません」

「関係がないって、どういうことですか。村井《むらい》様の坊ちゃんは、そのお試験を受けるので寝る間も惜しんでお勉強しているそうですよ。奥様が近くのお稲荷《いなり》さんに願掛けしておりましたもの」

お栄は心配顔で傍にやって来るとそう言った。村井庄之介は太郎左衛門の朋輩《ほうばい》で、湯島の学問所の講義も一緒に受けている。そればかりでなく、太郎左衛門の父親の村椿五郎太が自宅で開いている塾にも通っているという。

「学問吟味を受けるためには、その前に学問所の大試業《だいしぎょう》（校内試験のようなもの）に受からなければなりません。庄之介は優秀な奴《やつ》なので、いち早く、それを突破しましたが、拙者はまだです。まあ、父上も、人は人だから、お前が焦《あせ》ることはないと申しました」

「そんな情けないことはおっしゃらずに、がんばって下さいましな」

「おかみさん。学問吟味を突破するのはとても難しいことなのですよ。父上でさえ何年も掛かりました。ですから拙者も長期戦の構えで参ります」

「全く、坊ちゃんはいつだって及び腰だ。少しは意地ってもんがねェんですかい」

吉蔵は苦々しい顔で口を挟んだ。

「頭、世の中、なるようにしかなりません。じたばたしたところで仕方がありませんよ」

太郎左衛門は涼しい顔で応えた。お栄はそっと吉蔵の顔を見た。困ったねえ、お父っつぁん、という表情だった。

「お父上様も坊ちゃんにお家を継がせて、そろそろ隠居なさりてェんじゃねェんですか」

吉蔵は太郎左衛門の父、村椿五郎太の胸中を慮《おもんぱか》って言った。太郎左衛門が元服して一人前の男になったのだから、武家としては家督相続のことを考えなければならない。

「いや、父上は、ご公儀のお務めはともかく、学問所の方は人手が足らないので、まだまだ隠居させては貰《もら》えませんよ」

村椿五郎太は幕府の表御祐筆《おもてごゆうひつ》だが、湯島の学問所の教授を兼任していた。その他にも自宅で塾を開いている。

「さあ、そこですよ。その偉いお父上様の息子がお試験を合格できないんじゃ、世間体が悪うござんすよ。さすが村椿様の息子だというところを見せて下さらなきゃ」

お栄はさり気なく太郎左衛門を励ます。

「父上は父上、拙者は拙者です。母上は弟の大次郎の方へ期待を寄せております。あいつは剣術も学問も優れておりますので」

「たろちゃんだって、ほら、昔、剣術の紅白試合で優勝したことがあったじゃないですか」

お栄は昔のことを思い出して言う。あれは金次郎が亡くなった年のことだ。吉蔵とお栄が意気消沈していた時、太郎左衛門は紅白試合で優勝して二人を喜ばせてくれたのだ。

「そんなこともありましたねえ。あれは何んだったのでしょう」

太郎左衛門は他人事《ひとごと》のように応えた。あれ以来、太郎左衛門が剣術で目覚しい活躍をしたことは、ただの一度もなかった。

何を言っても覇気《はき》に欠ける太郎左衛門に、お栄は吐息をついて台所へ戻った。

二

翌日。は組の縄張内で昼火事が起きた。

還暦過ぎたとはいえ、吉蔵は火事となれば家でぐずぐずしていない。お栄に仕度を手伝わせて、よろよろと火事場に駆けつける。

今やお職となった女婿《むすめむこ》の由五郎はきびきびと組の者に指図する。纏持《まといも》ちは、町火消四十八組の中で一番若い十四歳の金作である。金作は金次郎の一人息子だった。金作をは組の纏持ちにし、いずれ頭にすることは組の連中の悲願だった。金作はその期待に応えて、日々、精進している。正月の初出《はつで》(出初式)でも金作は見事な梯子《はしご》乗りを披露した。

火事場は通油《とおりあぶら》町の大通りに面して建っている一膳《いちぜん》めし屋の「津軽屋」だった。昼は付近の職人達に昼飯を出し、夜は酒を出す店で、繁昌《はんじょう》して客が切れなかった。しかし、何分にも建物が古く、板場も狭かった。火の気のなくなる暇もなかったので、板場の火が何かに燃え移ったのだろう。通りは昼のせいもあり、野次馬でごった返していた。

「くそッ、間に合わねェ。鳶口《とびぐち》！」

由五郎はすぐに津軽屋の両側の店に鳶口を使うことを命じた。類焼を避けるため、火元の近くに建っている店を壊すのが町火消のおおかたのやり方だった。平人《ひらびと》が鳶口を使っている間にも津軽屋は火の勢いが増し、どうっと火柱が立った。金作の振るう纏の馬簾《ばれん》が炎の中に見え隠れした。

「金作、降りろ！」

由五郎は危険を感じて金作に命じた。針金のように細い金作の臑《すね》は、同じ調子を刻んで左右に揺れている。まるで由五郎の声が聞こえないというように。ちッと由五郎は舌打ちし、土手組《どてぐみ》に顎《あご》をしゃくった。土手組は心得たという顔で津軽屋の裏手に幕を拡《ひろ》げた。

金作の兄貴分の平人が梯子を使って背後から近づき、そっと金作の足首を引っ張った。

その拍子に金作は纏ごと幕の上に落下した。「おお」というどよめきが野次馬連中から起きた。吉蔵もそっと安堵《あんど》の吐息をついた。

金作は地面に下りると由五郎の傍にやって来た。由五郎はいきなりその頰を張った。

「馬鹿野郎！　恰好《かっこう》つけていつまでも屋根にいるんじゃねェ。潮時ってもんを考えな。纏持ちが焼け死んだら洒落《しゃれ》にならねェだろうが」

由五郎は語気荒く金作に凄《すご》んだ。恰好をつけているのはお前ェだ、吉蔵は胸で独りごちた。周りの人間の目を意識して由五郎は金作を張り飛ばしたのだから。

吉蔵は金作の肩を叩《たた》き、「よくやったぜ」とねぎらいの言葉を掛けた。金作はつかの間、白い歯を覗《のぞ》かせた。目鼻立ちは母親似だが、姿は金次郎とそっくりだった。ついでに意地の強さも金次郎に負けてはいなかった。

津軽屋は全焼した。銭箱を抱えた主《あるじ》は呆然《ぼうぜん》と店が燃えるのを見つめていた。はるばる津軽の片田舎から出て来て、苦労に苦労を重ね、ようやく仕舞屋《しもたや》を買って店を出したのが三十年前。その時、主は三十五になっていた。

それから贔屓《ひいき》がつくまでが、これまた苦労だった。ようやく借金を返し、これからひと儲《もう》けするかという時にこの様《ざま》である。六十五では、再び店を出すことは心許《こころもと》ない。

主は吉蔵に「向島《むこうじま》の娘の所へ参りやす」と、ぽつりと告げた。

「ああ、それがいい。あっちでゆっくり休むこった。あんたはよく働いたぜ」

しゅんと洟《はな》を啜《すす》り、肩を落として去って行った主の姿が自分と重なった気がした。おれは、いつ幕引きをするんだろう。吉蔵はぼんやり、そんなことを考えた。

「祖父《じい》ちゃん。疲れたでしょう？　ひと足早く自身番に行って休もうよ。おっ母さんも待ってるから」

孫のおくみが吉蔵の手を取った。十二歳のおくみはこの頃、ますます娘らしくなった。

おくみの口調は母親のお栄とよく似ているが、性格はお栄ほどきつくない。優しく言葉を掛けられると吉蔵の気持ちは和む。おくみが孫でよかったと吉蔵はつくづく思う。

「あ、ああ。そうだな。そうするか」

吉蔵は素直に応《こた》えた。吉蔵は、おくみの言うことはよく聞いた。

大伝馬町の自身番では、大家の善兵衛《ぜんべえ》と木戸番の番太郎が炊《た》き出しの準備に大忙しだった。善兵衛は三年前から近所の裏店《うらだな》の管理を任されている五十三の男である。以前は呉服屋の番頭をしていたという。娘夫婦に、もう年だからと諭されて呉服屋を退いたが、根が働き者なので家でじっとしていることができなかった。前任の大家が亡くなると、自分から名乗りを上げて大家の任に就いた。善兵衛はかいがいしく裏店の住人達の世話を焼き、評判は高かった。吉蔵の眼には、その善兵衛がやけに若く見える。善兵衛ばかりでなく、五十代の男女は皆、若い。それがつまり、吉蔵が年を取ったということなのだろう。三十代のお栄や由五郎などは、まるで若者だ。

お栄は酒や茶菓《さか》の用意をしていた。すぐさま、は組の連中がこちらへやって来るはずだった。

「ご苦労様。お父っつぁん。寒いから中へ入って」

お栄は吉蔵を自身番の中へ促したが、何しろ重い火消装束では身体《からだ》の自由が利《き》かない。

おくみに手伝わせて刺子《さしこ》半纏《ばんてん》を脱いでいる間に、由五郎を先頭にしたは組の連中が意気揚々と引き上げて来た。吉蔵は連中の邪魔にならないように脇《わき》へ寄ったが、その拍子に体勢を崩し、地面にばったりと転んだ。ぐきッと足首がいやな音を立てた。すぐに焼けつくような痛みが拡がった。

「祖父ちゃん、大丈夫？」

おくみは慌《あわ》てて吉蔵の身体を起き上がらせようとしたが、吉蔵は立ち上がることができなかった。

「おっ母さん、ちょっと来て。祖父ちゃんが大変！」

おくみは悲鳴のような声を上げ、お栄を呼んだ。お栄が吉蔵の足に触ると吉蔵は呻《うめ》いた。

「足の骨を折ったようだ。ちょいと、誰か戸板を持ってきな。それと骨接《ほねつ》ぎの医者を呼びに行っておくれ」

お栄は自身番の中に向かって怒鳴った。由五郎がまっさきに出て来た。

「お前さんはいいから、中にいておくれ。金作、これ、金作」

お栄は金作の名を呼んだ。金作は握り飯を手にしたばかりだった。お栄が骨接ぎの医者を呼びに行けと言うと、露骨にいやな顔をした。

「おいらじゃなくてもいいでしょう? 他の人足もいることだし。おいら、一応、纏持ちだから、野暮用は勘弁しておくんなさい」

生意気にそんなことを言う。

「何んだって?」

「何んだとう!」

お栄と由五郎が同時に甲高い声を上げた。

「金作。聞いたふうな口を叩いてくれるじゃないか。なるほどお前は、は組の纏持ちだ。それには間違いないよ。だけどね、それはお前のお父っつぁんの気持ちを汲《く》んでそうしているだけの話なんだ。お前の意地と度胸が他の者より勝っているからじゃないんだよ。年下の者が使い走りをするのは当たり前じゃないか。勘違いするんじゃないよ」

お栄は立て板に水のごとくまくし立てた。

「おっ母さん。お説教は後にして。金ちゃん、早く骨接ぎに行って」

おくみはお栄を遮《さえぎ》るように口を挟んだ。

「そ、そうだな。おくみの言う通りだ。金作、早く行きな」

由五郎はおくみの言葉に感心したような顔で言った。金作は短い吐息をつくと、通りを東へ向かって駆けて行った。

「全く、何んて了簡《りょうけん》をしているんだろう。こんなことなら纏持ちにするんじゃなかったよ」

お栄はくさくさした表情で吐き捨てた。戸板が運ばれて来て、吉蔵はそれに乗せられた。

お栄がつき添おうとすると、「おっ母さん。後はあたいに任せて。おっ母さんは皆んなの世話をして」と、おくみは気丈に言った。

「お前一人で大丈夫かえ」

お栄は心配顔だ。

「大丈夫。祖父ちゃんの世話は慣れているから」

「おくみ、すまねェなあ」

吉蔵は痛みを堪《こら》えながらおくみに言った。

「それはいいの」

おくみは優しく吉蔵を宥《なだ》めた。

「それじゃ、あたしもなるべく早く帰るようにするから、それまで頼んだよ」

お栄はほっとした顔で吉蔵を見送った。

案の定、吉蔵は足首を骨折していた。年寄りになると骨が脆《もろ》くなるので、くれぐれも気をつけた方がよいと、米沢《よねざわ》町の名倉《なぐら》という骨接ぎ医は言った。転んで足を骨折し、そのまま寝たきりになる年寄りは多いという。名倉は骨接ぎ医として有名で、一族はあちこちで診療所を開いていた。米沢町の名倉は分家の一人だった。まだ三十五、六の年恰好だが、腕はよいと評判だった。なるほど、吉蔵の足首に添え木をして包帯で巻きつける手際《てぎわ》はよかった。吉蔵は骨が固まるまで、家でじっとしていなければならなかった。

正月からろくなことが起こらないと吉蔵は暗い気持ちだった。

三

金作は津軽屋の火事以来、妙に由五郎に対して反抗的な態度を取るようになった。それればかりでなく、外でも町の連中と喧嘩《けんか》することが多くなった。母親のおけいが叱《しか》っても素直に言うことを聞かず、おけいは往生している様子だった。

「頭。どうしたらいいんでしょうね。もう、あたしの手には負えませんよ」

おけいは吉蔵の見舞いに訪れると、金作の愚痴をこぼした。おけいは堀留《ほりどめ》の家で金作と二人暮らしをしていた。

「まあ、金作も子供から大人になる変わり目だから、色々と心持ちが普通でねェのさ。その内に落ち着いて来るだろうよ」

吉蔵は世間並のことを言った。

「金作を頭の所に置いていただけませんか。他人様《よそさま》の飯を喰えば、少しはおとなしくなると思いますので」

おけいは思わぬことを言った。聞いていたお栄はその拍子に眼を剝《む》いた。

「おけいさん。あいにくだけど、うちにはおくみがいる。年頃の二人を一つ屋根の下に置くことはできませんよ。万一、間違いでもあったら大変だ」

「あら、それならそれでいいじゃありませんか。金作はいずれ、は組の頭になるんだし、おくみちゃんにとっても好都合じゃないですか。よそへお嫁に行くよりずんとましというものだ。そうでしょう、頭。頭だってうちの金作とおくみちゃんが一緒になることは反対じゃないでしょう?」

おけいは媚《こ》びるような眼をして吉蔵に言った。おくみの嫁入りのことなど、まだ考えていなかったので吉蔵は面喰らった。

「おけいさん。勝手に決めて貰《もら》っては困りますよ。うちの人の考えだってあることですからね」

躊躇《ちゅうちょ》している吉蔵に代わってお栄はぴしりと応《こた》えた。

「あら、お栄さんはうちの金作がおくみちゃんの亭主になるのに反対なんですか。うちの人なら喜んでくれると思うけど」

「さあ、それはどうでしょう。兄さんとはそんな話、一度もしたことがなかったもので」

「うちの人は、は組のことをとても心配していた。だから、由さんも組の連中も金作を早々と纏持ちにしたんでしょう？　そこまでしたんだから次の段取りもつけて下さいな」

おけいは執拗《しつよう》に迫る。おけいの理屈に吉蔵もお栄も返す言葉が見つからなかった。金作を憎くは思っていない。それは吉蔵もお栄も一緒だった。だが、おくみと一緒にすることは、また別問題である。お栄はおけいが帰ってから、ひどく不機嫌だった。

しかし、おけいの話に裏があったことは仕事から戻って来た由五郎から知らされた。

おけいは近頃、男ができたという。

金作が反抗的な態度をしたり、町で喧嘩をしたりすることが多いのも、実はそれが原因らしかった。

「相手は誰なの」

お栄は晩酌をする由五郎と吉蔵の顔を交互に見ながら訊《き》いた。吉蔵は酒を止められていたが、由五郎は、なに、一杯だけなら構やしねェと言って、晩飯になると当たり前のように吉蔵に酌をする。最初は眉《まゆ》をひそめていたお栄も、この頃は何も言わなくなった。

「おけいより五つも年下の男らしい。ま、おけいもまだ三十代の女盛りだから無理もねェけどよ」

由五郎は訳知り顔で応えた。

「いやらしい。それじゃ、おけいさんは、その男を家に引っ張り込んでいるのかえ。金作がぐれたくなる気持ちもわかるよ。それで、おけいさんはその男と所帯を持つつもりなんだろうか」

「わからねェ」

「男ができりゃ、実の息子でも邪魔になるということかえ。ああ、腹が立つ」

お栄は、さも肝が焼けたというように言う。

「あたいが金ちゃんと一緒になるって？　冗談はおよしさんよ。金ちゃんと一緒になるくらいなら、あたい、たろちゃんの方がいい」

二人の話を聞いていたおくみは、にべもなく言った。

「たろちゃんが聞いたら気を悪くするよ。お前は町家の娘だからたろちゃんとは一緒になれないの」

お栄はおくみを窘《たしな》めた。

「あらそうなの？」

おくみは鼻白んだ顔で残り飯にどぼどぼと茶を掛けて啜り込んだ。

「親父《おやじ》、どうしたらいいんだろうな」

由五郎は心細い表情で吉蔵に水を向けた。

「困ったなあ。堀留の姉ちゃんも死んじまったし、うちのお春もいねェ。しかし、このままじゃ、金作のためにならねェ。由五郎、組の連中で金作の面倒を見てくれそうなのはいねェか」

「鹿次の家に預けるか。あすこは男の餓鬼ばかりだから余計な心配をしなくていいはずだ」

鹿次は昨年まで纏持《まといも》ちをしていた男で、金作のことも今まで何かと面倒を見てきた男だった。

「鹿次のかみさんが承知するかなあ」

吉蔵は大所帯の鹿次の家を思うと気の毒そうに言った。

「なに、事情を話せばわかってくれるさ」

由五郎はそう言って吉蔵の猪口《ちょこ》に酒を注いだ。足首がぼんやり熱を持った気がしたが、酒の味には勝てなかった。

四

鹿次の女房のおかよは、元は八百屋の娘で、大層世話好きの女だった。鹿次と所帯を持った途端、次々と子供ができて、今は八歳を頭に男ばかり四人の子持ちだった。四人も五人も面倒を見るのは一緒だと太っ腹に言って金作を引き受けてくれたのはありがたかったが、それに安心したおけいが今度はおおっぴらに間夫《まぶ》を家に引き入れ、近所は眉をひそめていた。金作がたまに家に戻っても、泊まらずにすぐ帰って来るという。おかよは金作が不憫《ふびん》だと泣いた。

家でじっとしていても吉蔵は気の休まる暇もなかった。

二月の声を聞くと、江戸はめっきり春めいて来た。これから暖かくなるので、吉蔵の足の回復には都合がよかった。

縁側から狭い庭を眺めていると、どこからか気の早い鶯《うぐいす》の声が聞こえた。のどかなもんだ、こんなのんびりした気持ちのまま、お陀仏《だぶつ》になりたいものだと思う。

いや、欲を言えば、朝湯に浸《つ》かり、朝飯を喰い、食後の茶を飲んだ後にばったり逝《ゆ》きたいものだ。吉蔵は最近、自分の最期《さいご》をぼんやり考えるようになった。

「頭！」

土間口から太郎左衛門の切羽詰まった声が聞こえた。太郎左衛門がそんな声を出すのは、ただ事ではない。

「坊ちゃん、どうしやした」

「庄之介が自害しました」

「ええッ？」

吉蔵は素《す》っ頓狂《とんきょう》な声を上げた。村井庄之介は何かと太郎左衛門に関わっていた少年である。

吉蔵が覚えている庄之介は、一度太郎左衛門に剣術の試合で負け、悔しさに大泣きした姿だった。意気地なしの太郎左衛門に負けたことが相当にこたえたのだろう。それからの庄之介は性根《しょうね》を入れ換え、常に太郎左衛門の先をゆく存在だった。先日も湯島の学問吟味を受けたばかりである。

「いってェ、村井様の坊ちゃんはどういう訳で自害なすったんで？」

吉蔵は青い顔をして座った太郎左衛門に訊いた。

「それは学問吟味に合格しなかったからでしょう。庄之介の両親は大層期待しておりました。一発で合格すれば最年少記録になりますからね。すぐさまご公儀の役人に推《すい》挙《きょ》され、出世の道が約束されるというものでした。ところがうまく行かなかった。庄之介は前途を悲観したのでしょう」

「何んともはや……」

吉蔵は言うべき言葉も見つからなかった。

「おまけにですね、庄之介の母上は拙者の父上の指南の仕方が悪かったせいだとわめきまして、まるで修羅場でございました」

「それはそれは。お父上様も、とんだとばっちりを受けたもんですねえ」

「頭。面目を果たさなければ男は死んでお詫《わ》びをしなければならないものでしょうか」

太郎左衛門は腑《ふ》に落ちない顔で言う。

「さあ、時と場合によると思いやすよ。お武家の仕来たりについちゃ、こちとら、とんと察しがつきやせんから、あっしは何んとも申し上げられやせんが」

「昔はともかく、この泰平の世の中で死を以《もっ》て贖《あがな》わなければならないことなどあるのかと思います。人は与えられた寿命を全《まっと》うすることこそ本望ではないでしょうか。以前、お祖母《ばば》様がおっしゃっておりました。自害した者は永遠に浮かばれず、冥府《めいふ》の道をさまようのだと。拙者、死んだ後まで、さまよいたくありません」

「その通りですよ」

吉蔵は大きく肯《うなず》いた。肯いて、自分がただ漫然と死を待っていることに気づき、恥ずかしさを覚えた。

「坊ちゃん。あっしは六十をとっくに過ぎやした。おいぼれて、転んだ拍子に足の骨を折るなんざ、情けねェ話ですよ。この頃ですね、手前ェがいってェ、どういう死に様を晒《さら》すのかひどく気になるんですよ」

吉蔵は胸の内をそっと太郎左衛門に明かした。太郎左衛門は、ふふと薄く笑った。

「気が弱くなっておりますね。どんな死に様を晒したところで、頭が頓着する必要はないでしょう。おかみさんが、ちゃんと後の面倒を見て下さいます。頭は、は組の頭だった。立派に頭の役目を全うした、それだけでいいじゃありませんか」

太郎左衛門はそう言って庭に眼を向けた。

「やあ、もう春ですね。桜が咲いたら上野へ花見に行こうと皆んなで約束しておりました。庄之介はとうとう行けなくなってしまった。桜餅《もち》もゆで卵も、慈姑《くわい》の串刺《くしざ》しも喰えない。気の毒ですよ」

独り言のように言って太郎左衛門は眼を拭《ぬぐ》った。

お栄の友人のおくらは、こけし屋があった場所で小間物屋を開いていた。火事で全焼してから、しばらくその場所は更地《さらち》になっていた。おくらは世話になっていた材木問屋の旦那《だんな》におねだりして、そこへ小さな店舗つきの家を建てて貰い、こけし屋と同様に小間物屋をやるようになったのだ。おくらは小女を一人置いて気楽に商売をしていた。

最近は旦那も年のせいで滅多に顔を見せないという。お栄はそれをいいことに度々、おくらの店「くらや」を訪れた。

その日も糸を買いに行ったついでに上がり込んでいた。おくらの顔を見ると、ついお栄も愚痴をこぼしたくなる。お栄は、おけいのことをおくらに話した。

「金次郎さんが亡《な》くなって、そろそろ十年になる。おかみさんも独りでいるのが寂しくなったんでしょうよ」

おくらはおけいの肩を持つ言い方をした。

お栄は少しむっとした。

「怒らない、怒らない。心底惚《ほ》れて一緒になった亭主でも、亡くなっちまったんだからしようがないじゃないの。お栄ちゃん、放っておき」

おくらはお栄の気持ちを察して宥《なだ》める。

「でも、金作のことが……」

「それはそうね。おっ母さんが色気を出すのは子供にしてみたらたまらないから。男を作るのなら、子供がうんと小さい内か、それとも大人になって所帯を構えた後の方がいいのよ。金ちゃんの年が一番まずい」

おくらは訳知り顔で言って吐息をついた。

「この先、どうなるのかと考えると気が滅入るのよ。金作を一人前にして、は組を継がせるのは兄さんの遺言だからさ。だけど、あたし等ががんばっても、おけいさんが足を引っ張るんじゃ、何んにもならない」

「頭は何んて言ってるの」

おくらは吉蔵の気持ちを訊きたがった。

「お父っつぁんは年だから、もうあれこれ言わないの。皆、うちの人に任せきり」

「頭は安心しているのね。由五郎さんとお栄ちゃんがしっかりしているから」

「そうかしら」

「お栄ちゃんは親孝行な娘よ。だからおくみちゃんもしっかりしている。子供は親の背中を見て育つというけれど、本当ね」

「褒めてくれてありがと。おけいさんは、うちのおくみと金作を一緒にしたらいいなんて言うのよ」

「それはちょっと勝手ね。当人同士の気持ちもあるし。おくみちゃんはどう思っているの」

「金作と一緒になるのなら、たろちゃんの方がましだって。生意気でしょう？」

お栄の言葉におくらは愉快そうに笑った。

「あたしもあのたろちゃんて子、大好き。いつもにこにこしているし、あたしと顔が合えば、ちゃんと挨拶《あいさつ》してくれるのよ。若隠居みたいなところが少し気になるけど」

若隠居というたとえがおかしくて、お栄はぷッと噴いた。確かに太郎左衛門にはそんな感じがあった。

「いい子だけど、呑気《のんき》なのよ。意気地なしは相変わらずだし」

お栄も今では自分の子供のように太郎左衛門のことを思っている。

「でも、頭は可愛《かわい》がっているのでしょう？」

「ええ。たろちゃんがやって来るとご機嫌なの。金作も心配だけど、たろちゃんのことも心配なのよ。人を押しのけてまで出世する性格じゃなし」

「父親はお上のお偉いさんでしょう？　だったら、父親がたろちゃんの道が立つようにしてくれるじゃない。そこまでお栄ちゃんが心配することないよ」

「それはそうだけど」

「もう、小母《おば》さんに似て心配性なんだから」

「だって、あんなに人がよくていいのかしらと思うのよ。お役目に就いても意地悪されたり、騙《だま》されたりするかも知れないじゃない」

「この十年近く、たろちゃんがお栄ちゃんの家に通ったのは、そうならないための修業でしょう？」

「修業？」

「ええ。あの子はまんざら馬鹿でもない。ちゃんと、そこは心得てるはずよ」

「そうかしら」

「たろちゃんを信じて」

おくらは鷹揚《おうよう》に笑った。そう言われて、お栄も少し気が楽になった。

五

くらやを出て家に戻ると、太郎左衛門がやって来ていた。驚いたことに太郎左衛門はおくみに生け花を教えていた。

吉蔵が見舞い客から花を貰《もら》うと、おくみはそれを花瓶に入れて床の間に飾ったが、太郎左衛門は、せっかくだから、ちゃんと生けましょうと言ったらしい。

「たろちゃんは生け花の心得があったんですか」

お栄は驚いた顔で訊《き》いた。

「おかみさんに申し上げたことはありませんでしたか。拙者、子供の頃からお祖母様に生け花と茶の湯を教えていただいておりました。お祖母様は生け花と行儀作法を近所の娘さん達に指南しておりました。父上が小普《こぶ》請組《しんぐみ》の無役だった頃、お祖母様はそれで家計を支えていたのです。今は母上がお祖母様の跡を引き継いでおります。男子たる者、花を生けるなど女々しいと思われそうで、拙者はあまり人に話したことはありませんでしたが」

太郎左衛門は照れたように応《こた》えた。

「あら、生け花でも茶の湯でも家元は男じゃないの。内緒にしなくてもいいと思うよ」

おくみは太郎左衛門を庇《かば》うように言った。

「そうですよ。生け花の心得があるなんて奥ゆかしいことですよ。おくみもお花を生けられたら嬉《うれ》しいのだけど」

お栄は太郎左衛門が花鋏《はなばさみ》を使う手許《てもと》を見つめて言った。おくみは一昨年まで手習所に通っていたが、昨年からは裁縫と三味線の稽古《けいこ》を主にしている。

「よせ、よせ。鳶職《とび》の娘が武家の娘の真似《まね》をして花なんざ生けなくたっていいよ」

吉蔵はおくみにこれ以上、忙しい思いをさせないつもりで口を挟んだ。

「でも、少しは心得があった方がいいと思うけど。たろちゃん、お母上様の所へ町家の娘さんも通っておりますか」

「はい。町家の娘さんがおおかたです。しかし、拙者は、おくみさんが母上に稽古をつけていただくのは賛成できません」

太郎左衛門は分別臭い表情で応えた。

「どうしてですか」

「それはそのう……」

太郎左衛門は言い難《にく》そうに口ごもった。

「たろちゃんのおっ母様は、時々、おつむに血を昇らせて高い声でお叱《しか》りになるそうなの。お弟子の娘さん達もおっ母様に泣かされることが多いんですって。たろちゃん、あたしが可哀想《かわいそう》だから、よしにしろって」

おくみが訳知り顔で応えた。

「そうなの」

「基本は拙者がおくみちゃんにご教示します。後はおくみちゃんが無手勝流でおやりになればよろしいでしょう。たかが花ですから」

　太郎左衛門はあっさりと言った。

　太郎左衛門は白梅と笹《ささ》、小ぶりの松を品よく生けた。

「松竹梅の趣向ですね。おめでたい。これを持って来た方は気が利《き》いております。頭。早晩、足の怪我《けが》も癒《い》えることでしょう」

　太郎左衛門は床の間に花を飾るとしみじみと言った。そう言われて、吉蔵もそんな気分になった。お栄はしばらく床の間をじっと見つめていた。感心している表情だった。

　それから二、三日した夜の四つ（午後十時頃）過ぎ。吉蔵は半鐘の音を聞いた。折から北風が強く吹いていた。

　半鐘は大伝馬町より東の方角から聞こえた。

　深川だろうか。いや、本所か。吉蔵が胸で算段していると、由五郎は、がばと跳ね起き、声高にお栄を呼んだ。吉蔵もこうしてはいられないと起き上がったが、「お父っつぁんは留守番だ」と、即座にお栄に止められた。

　そうこうする内に金作がやって来て、土間口前の板の間に飾ってある源氏車四方《げんじぐるまよも》の纏《まとい》を取り上げた。

「火事場の見当はついたか」

由五郎は身拵《みごしら》えしながら金作に早口で訊いた。

「火元は神田佐久間《かんださくま》町辺りだが、この風で火の手が四つに分かれやした。こっちにも火がやって来る恐れがありやす」

金作は澱《よど》みなく応えた。

「よし、縄張なんざ、構うこたァねェ。金作、さっさと消口《けしぐち》を取れ！」

「あい」

金作はすばしっこく表に出る。お栄は金作の眼がやけに光っていたのが気になった。

「金作、気をつけるんだよ」

お栄は金作の背中に怒鳴った。

「合点！」

張り切った声が聞こえた。続いて由五郎が表に飛び出した。風は依然として強かった。

半鐘はひと晩中鳴り続けた。ようやく鎮火したのは翌日の朝になってからだった。

神田佐久間町は火元になることの多い町だった。その町内にある琴屋「中留《なかとめ》」が火を出した。春のおさらい会へ向けて中留は夜業で琴の製作をしていた。琴を火で炙《あぶ》る作業の時にどうしたことか火事になったらしい。

火はたちまち拡《ひろ》がり、東は両国、西は本町、日本橋、馬喰町《ばくろちょう》、横山町一円が焼失した。

町火消、いろは四十八組も総出で火掛かりした。

幸い、吉蔵の住む大伝馬町、小伝馬町界隈《かいわい》は焼失を免れた。ところが、昼近くになっても由五郎と組の者は誰一人として戻って来なかった。後始末に手間取っているのだろうと吉蔵は思ったが、それにしても戻りが遅かった。吉蔵は杖《つえ》を突いて、家の中と外を何度も出たり入ったりした。

ようやく昼過ぎて由五郎を先頭にして組の連中は戻って来たが、平人《ひらびと》は莚《むしろ》を被《かぶ》せた戸板を携《たずさ》えていた。吉蔵の胸は堅くなった。「お栄」と呼ぶ声が震えた。

家の中から出て来たお栄も、はっとした表情になった。

「お前さん。死人《しびと》が出たのかえ」

お栄は苦渋の表情の由五郎に訊いた。由五郎は力なく肯《うなず》いた。

「だ、誰？」

お栄は掠《かす》れた声で続けた。

「金作だ」

「何んだって!」

お栄のうなじから頭のてっぺんに掛けて痺《しび》れが走った。吉蔵はその場にへたり込んだ。

「どうしてこんなことに……」

お栄は人の形に盛り上がった莚を見て独り言のように呟《つぶや》いた。その莚をめくる勇気はなかった。

「おかみさん。おれ達、何遍も屋根から降りろと金作に言ったんだ。場所は横山町の紙屋だった。近くにゃ鍵屋《かぎや》もある。花火の火薬に火が点《つ》いたら目も当てられねェ。どの道、紙屋の火は消せやしねェ。燃えるに任せるしかなかったのよ。ところが金作は他の組の火消と張り合って意地を通したんだ」

梅次という龍吐水《りゅうどすい》を受け持つ男が応えた。横山町の鍵屋とは、言わずと知れた花火屋である。

「頭。面目ねェ。おれが酒を飲ませたばかりに無駄に虚勢を張らせてしまった」

鹿次は吉蔵の前に土下座して謝った。

「そうかえ。お酒を飲んでいたの」

お栄は出立する時の金作の光った眼を思い出した。酒の勢いで金作は怖さも忘れたというのだろうか。

「それで、これから堀留へ行くのかえ」

お栄は咽《むせ》び泣く鹿次を見下ろしながら由五郎に訊いた。

「ああ」

「また修羅場が待っているよ」

お栄はおけいが泣き喚《わめ》く姿を予想して言った。

「わかっている」

「あたしも、お父っつぁんを連れてすぐに向こうへ行くよ」

「ああ」

組の行列は静かに堀留へ向けて進んだ。近所の人々も掌《て》を合わせて、は組の行列を見送っていた。

「お父っつぁん、しっかりして」

お栄はへたり込んでいる吉蔵に言った。

「お栄、手を貸してくんな。おれァ、腰が抜けた」

情けない声を出した吉蔵にお栄の表情が変わった。

「くたばるのは、まだまだ先だ。は組の頭がみっともない恰好《かっこう》を晒《さら》すんじゃないよ」

お栄に怒鳴られ、吉蔵は思わず「おィ」と応えて立ち上がった。不思議に身体はしゃんとしていた。

六

江戸は桜の季節を迎えていた。

吉蔵はお栄を伴い村椿家を訪れた。ようやく足の骨折も回復した吉蔵は快気祝いの品を届けに行ったのだ。村椿家からは過分な見舞いを頂戴《ちょうだい》していたからだ。主の村椿五郎太は幸い非番の日で在宅していた。五郎太は気軽に客間へ二人を招じ入れた。村椿家の庭にも桜の樹《き》が植えられている。

吉蔵は「思わぬ花見ができやした」と愛想を言った。

「いやいや。桜は名所に出かけて眺めるもので、自分の家の庭に植えるものではござらん」

五郎太は少しうんざりした表情で応えた。

「毛虫でございますか」

お栄は察しよく言った。

「さよう。家内は春になる度に桜の樹を伐《き》ってくれと申しまする。一度、家内の襟足に毛虫が落ちたことがござっての、いやはや大変な騒ぎでした。それがよほどこたえておるのでしょう。困ったものでござる」

「あら、あたしでもそれは大騒ぎしてしまいますよ。思っただけで気味が悪い」

お栄は恐ろしそうに首を竦《すく》めた。

「それだけでなく、花が散った後もこれまた大変でござる。毎日、下男が塵取《ちりと》りに山盛り一杯の花びらの残骸《ざんがい》を始末しなければなりませぬ。おまけに夏になると甘い樹液の匂《にお》いを嗅《か》ぎつけて蟻《あり》も出る」

「そんなに大変でしたら、旦那、ひと思いにばっさりおやりになればよござんす。奥様も安心してお庭に出られやす」

吉蔵は五郎太の気苦労を案じて言った。

「しかし、近所の年寄り連中は毎年楽しみにして見物に訪れるのでござる。塀越しに小半刻《こはんとき》(約三十分)も花を眺めておるのです。老い先短い年寄りの楽しみを奪うというのも、ちと胸が痛みまする。亡《な》き母上は毛虫など歯牙《しが》にも掛けないおなごだったので、家内が大騒ぎするのが、こちらとしては何んともやり切れませぬ。この桜は拙者の子供の頃からあったもので、一時は幹の半分以上も枯れたことがござった。もはやこれまでかと思いましたが、翌年の春には、ちゃんと花を咲かせました。拙者、この桜から生命力というものを教わったような気が致しまする。それやこれやで、未《いま》だに決心がつきませぬ」

お納戸《なんど》色の着物に対《つい》の袖《そで》なしを重ねた五郎太は塀際《へいぎわ》に植えられている桜を愛《いと》おしげに眺め、しみじみと言った。

「大切な桜を伐るのは、もったいのうございます。植木屋さんに相談なされば何か手立てを考えて下さいますよ」

お栄がそう言うと、五郎太はその特徴のあるどんぐり眼を剥《む》き、「おお、そうであった。餅屋《もちや》は餅屋でござる。素人《しろうと》が嘆いていたところで埒《らち》は明かぬ。さっそく出入りの植木屋に相談してみることに致す」と、夜が明けたような顔で笑った。

「村井様の坊ちゃんはお気の毒なことでしたね、旦那」

桜のはかなげな色が吉蔵に庄之介の死を思い出させたようだ。お栄は余計なことは喋《しゃべ》らなくてもいいという顔をした。

「ああ。全く、あんなことになるとは夢にも思わぬ。庄之介は倅《せがれ》と同じで、まだ十六ですぞ。たかが十六で前途を悲観して死を選ぶというのがわかりませぬ。時代は変わったのでしょうかな。どうもこの頃の若者は軟弱に思えてなりませぬ。これが倅だったらと考えると気も狂わんばかりの心地が致す。拙者、庄之介の野辺送りに参りましたが、あのように辛《つら》い野辺送りは初めてでござった」

五郎太はため息混じりに応えた。

「たろちゃんなら大丈夫ですよ」

お栄は太鼓判を押す。吉蔵も肯いた。

「本当に？」

五郎太は心細い顔で訊いた。それは太郎左衛門を案じる父親の顔でもあった。

「坊ちゃんは、この泰平の世の中に死んでお詫《わ》びしなければならないことなどあるのかと、あっしにおっしゃいやした」

吉蔵は庄之介が自害した日に太郎左衛門が洩《も》らした言葉を伝えた。

「ほう」

五郎太は感心した表情になった。

「村井様の坊ちゃんはご両親の期待に応えなければならねェと無理をなさったんでしょう。それが叶《かな》えられないとなると、ご自分の不甲斐《ふがい》なさを恥じて自害なすった。まあ、ご両親の手前、あっぱれなお心ばえと申し上げるしかございやせん。だが、ここの坊ちゃんについては無理をしねェお人柄ですから、そのようなご心配は無用ですぜ」

吉蔵は五郎太を安心させるように続けた。

五郎太は低く唸《うな》った。

「わが倅が人より抜きん出てほしいと、親ならば誰しも考えまする。家内も倅を叱咤《しった》激励致しまする。しかし、倅は持って生まれた気性のせいか、発奮《はっぷん》するということがござらん。拙者、倅が愚鈍ではないかと、一時は怪しんだことがございまする」

「そんな、愚鈍だなんて……」

お栄は咎《とが》める口調で言った。

「庄之介のことがあってから、拙者、改めて自分の倅のことを考えるようになりました。剣術も学問も見るべきものはない。意地もない、おなごの気を惹《ひ》くような男前でもない。ないない尽くしでござる。ただ、人柄については誰からもお褒めの言葉をいただきまする」

「それが一番肝腎《かんじん》なことですよ」

お栄は語気を強めた。

「ありがとう存じまする」

五郎太は一礼して言葉を続けた。

「亡き母上は今わの際《きわ》に、ただ倅の名だけを呼び続けました。太郎左衛門、これ、太郎左衛門と。その度に倅は泣きの涙でお祖母様《ばば》と応《こた》えました……拙者と家内は出る幕がございませんでしたぞ。母上は倖《しあわ》せな最期《さいご》だったと思いまする。一方、拙者はそのような孫をもうけてやったことで親孝行したとうぬぼれております」

「うぬぼれだなんて。村椿様、その通り、たろちゃんはご隠居様にとって心優しいお孫さんでしたよ」

五郎太はお栄の言葉に応えず、立ち上がった。五郎太は後ろに手を組み、薄紅色の桜に視線を向けた。

「親馬鹿と笑うて下され。倅は剣術も学問も芳《かんば》しくござらぬが、さしたる病もせず、また、人と喧嘩《けんか》して傷を負うたこともござらぬ。弟や妹には優しい兄でござる。拙者は大層苦労して今の役目に就きましたが、拙者と同じ苦労を倅に味わわせようとは思いませぬ。いや、この先、倅が大きな失態を演じなければ、拙者の跡を継いで、しかるべき役職に就くはずでござる。恐らく倅は真面目《まじめ》にお務めを全《まっと》うし、平凡だが倖せな人生を送ることでござろう。倅を駄馬と悪口を言う御仁《ごじん》もおりまする。だが、拙者はそうは思いませぬ。無事、これ名馬のたとえもござる。倅は拙者にとってかけがえのない名馬でござる」

村椿五郎太はそれを言いたかったとばかり、声音を高くした。お栄と吉蔵は五郎太の親心に胸を詰まらせ、そっと眼を拭《ぬぐ》った。

暇乞《いとまご》いして表に出た吉蔵とお栄は、しばらく村椿家の桜を見上げていた。

「伐るなんてもったいないよね、お父っつぁん」

「ああ。お前ェ、毛虫ぐらい何んだと奥様に申し上げろ」

「お父っつぁんがしてよ」

「…………」

「村椿様、親だねえ。たろちゃんのこと、一生懸命持ち上げていた。改めて言われなくても、あたし達、たろちゃんのいい所はとっくに知っているのに」

「誰も褒めねェもんだから、てて親が躍起になって褒めていらァ。本当はもっと坊ちゃんに気張って貰《もら》いてェのさ」

「そんなの無理よ」

「無事、これ名馬ってか。ものは言いようだな」

吉蔵は苦笑いした。

「いい言葉だよ。本当の名馬ってのは早く走ることでも、姿が美しいことでもなく、長生きしてご主人のために働いてくれる馬のことを言うのさ。それに比べりゃ、兄さんも金作も駄馬。村井様の坊ちゃんもついでに駄馬だ」

お栄はやけのように言う。早過ぎる三人の死が、お栄には惜しまれてならないのだ。

「おィ、お栄。噂《うわさ》の名馬が来たぜ」

通りの向こうから太郎左衛門が弟の大次郎と一緒に帰って来る姿が見えた。二人とも竹刀《しない》を肩に担《かつ》いでいたのは浜町河岸《はまちょうがし》の道場で稽古《けいこ》をしてきたのだろう。

「坊ちゃん。お疲れ様でした」

吉蔵はぺこりと頭を下げた。太郎左衛門は笑顔を返したが大次郎は仏頂面《ぶっちょうづら》だった。

(これも駄馬)

お栄は大次郎のことを胸で呟いた。

「本日は大次郎と竹刀を交えました」

太郎左衛門はその日の首尾を吉蔵に語った。

「それで、弟さんにはもちろん勝ったんでしょうね」

そう訊《き》くと、大次郎はふんと鼻で笑った。

母親似の色白で癇症《かんしょう》な感じの少年だった。

「大次郎。この兄上は負けてやったんだからな」

太郎左衛門は大次郎にそんなことを言った。

「ああ、そうですとも。兄上はお優しい人ですから」

大次郎は口を返し、吉蔵とお栄には挨拶《あいさつ》もせずに門の中へ入って行った。

「近頃、弟は生意気で困ります」

太郎左衛門は渋面を取り繕った。

「本当にね。たろちゃんも大変だ」

お栄も相槌《あいづち》を打つ。

「本日はわが家に御用でもあったのですか」

太郎左衛門は村椿家から出て来たらしい二人の様子に気づいて訊いた。

「ええ。お父っつぁんの足もようやく治ったので快気祝いをお届けに上がったんですよ。その節は結構なお見舞いを頂戴しましてありがとうございます」

「いえいえ。頭は今後怪我《けが》をしないように、くれぐれも気をつけて下さい」

太郎左衛門は念を押した。

「へい。坊ちゃんのお言葉、肝に銘じやす。ところで坊ちゃん。お父上様は大層、坊ちゃんのことを褒めておりやしたぜ。坊ちゃんは名馬だって」

吉蔵は愛想をするように言った。

「え？　拙者が名馬。頭、聞き違いではないですか」

「いいや。確かにこの耳で聞きやした」

「そうですか。それでは、父上は少々お疲れで世迷言《よまいごと》をおっしゃったのでしょうか。心配です。それではこれにてごめん」

太郎左衛門は一礼すると慌《あわ》てて中へ駆け込んだ。

「たろちゃん、お遊びにいらしてね」

お栄はその背中に覆《おお》い被《かぶ》せた。はあい、と無邪気な返答があった。

村椿太郎左衛門は翌年の春、幕府御祐筆《ごゆうひつ》見習いとして御番入《ごばんい》り（役職に就くこと）した。

吉蔵とお栄は張り切って祝いの品を届けた。

当然のことながら、お役目に就いた太郎左衛門は、以前のように頻繁に吉蔵の家を訪れる機会はなくなった。しかし、お春の祥月命日には決まって花を届けてくれた。

おくみは、は組の平人《ひらびと》をしていた民次《たみじ》と祝言《しゅうげん》を挙げた。民次は由五郎と同様に婿《むこ》に入って、吉蔵の家で同居している。

金作の母親のおけいは堀留の家を売り払い、吉蔵やお栄に何んの挨拶もなく、ぷいっとどこかへ行ってしまった。亭主と一人息子に先立たれたおけいは、考えてみたら不幸な女である。

太郎左衛門は、弟の大次郎が他家に養子に行き、妹の雪乃が輿入《こしい》れしても、なおしばらく独り身を通していた。

それは自分の妻が母親の紀乃と折り合いが悪くては困るという、太郎左衛門の優しさに外ならなかった。だが太郎左衛門は村椿家の総領。いつまでも妻帯しない訳にはいかない。

三十を過ぎた太郎左衛門に業を煮やし、母親の紀乃が誰でもよろしいから妻を迎えろと詰め寄り、ようやく小普請組栂野尾佐太夫《とがのおさだゆう》の三女まきを迎えた。まきは太郎左衛門よりひと回り下の二十二歳の娘だった。

まきは親が小普請組の無役だったので、よい縁談に恵まれず婚期を逃していたのだ。祝言は村椿家の桜が蕾《つぼみ》をつける春に執り行われた。

吉蔵は太郎左衛門の祝言には行けなかった。

足腰が弱り、一町歩くのも容易ではなかったからだ。太郎左衛門はそんな吉蔵のために、わざわざ大伝馬町を廻って祝言の行列をしてくれた。は組の連中は赤筋《あかすじ》入りの半纏《はんてん》を羽織り、木遣《きや》りを唸《うな》って太郎左衛門の門出を祝った。笑顔千両の太郎左衛門は終始嬉《うれ》しそうだった。

（坊ちゃん、お約束は果たしやしたぜ）

吉蔵は胸で呟《つぶや》いた。太郎左衛門の祝言まで何んとしても生きていなければならなかったからだ。恰幅《かっぷく》のよい太郎左衛門は大層立派に見えた。だが、吉蔵の脳裏《のうり》には初めて吉蔵の家を訪れた時の太郎左衛門の顔が甦《よみがえ》っていた。

――頭、拙者を男にして下さい。

切羽詰まったような太郎左衛門の顔だった。

ああ、あれから茫々《ぼうぼう》と時は過ぎた。まるで夢のような日々だったと吉蔵は思う。太郎左衛門の笑顔と泣き顔が吉蔵の脳裏に交互に現れる。吉蔵は花嫁行列に深々と頭を下げた。

「頭！」

太郎左衛門は右手を高々と挙げ、吉蔵に応えた。

吉蔵はその年の夏、江戸が盂蘭盆《うらぼん》を迎えた頃、眠るように息を引き取った。人々はその静かな最期を、さすが、は組の頭だと褒めたたえたという。

文庫のためのあとがき

江戸時代、火消しに携《たずさ》わる男達は娘達のアイドル的存在だった。ごうごうと燃え盛る火の中に飛び込んで消火をする火消しの姿が勇ましく、男らしく映っていたせいだろう。

「無事、これ名馬」は意気地なしの太郎左衛門《たろうざえもん》という少年が火消し御用をつとめる「は組」の頭取吉蔵《きちぞう》と知り合い、男らしさとは何かを学んでゆく成長小説である。

男らしい職業とは何だろうと考えた結果、火消しになったのである。別に火消しが、ものすごく好きだった訳ではない。

当時の火消しのことを調べるため消防博物館を訪れたことは、今も鮮明に覚えている。(場所がどこであったかは失念しているけれど)

消防博物館の館長は女性が火消しのことを調べるのは珍しいと、怪訝《けげん》な表情をしていた。

その時、もの書きであることを明かさなかったせいかも知れない。だが、館長は丁寧に江戸時代の町火消しのことを説明して下さり、必要なコピーも取らせていただいた。お蔭《かげ》で小説の中で、私も大威張《おおいば》りで違《ちが》い重《がさ》ね源氏車《げんじぐるま》四方《よも》の「は組」の纏《まとい》を振ることができたと思う。

太郎左衛門は先に書いた「春風ぞ吹く」の主人公村椿五郎太《むらつばきごろうた》の長男という設定にした。五郎太は艱難《かんなん》辛苦の末に湯島の昌平坂《しょうへいざか》学問所で行われる学問吟味に合格して非役《ひやく》の小《こ》普《ぶ》請組《しんぐみ》から脱却を図った青年である。五郎太はある意味で優秀な男だった。しかし、その血を受け継いだ息子が必ずしも優秀とは限らない。

多分、私が言いたかったことは、そこにあったと思う。親は親、子は子である。進むべき道は決して同じではないと。

かく言う私にも二人の息子がいる。

親は子供の成績がよいと喜ぶ。また、運動会でリレーの選手に選ばれようものなら、親は得意満面の表情である。中には学校の成績もいいし、スポーツも万能という剛《ごう》の者もいる。

親はそんな我が子が自慢で仕方がない。お受験のシーズンになると子供より親が懸命の表情をしているように見える。

いいさ、できる子は。私はそんな親達を横目に眺めながらため息をついていた。長男の学校での成績は中の下《げ》、次男は下の下という情けないありさまだった。

子供に最高の教育を受けさせたいと考えるのは、どの親も同じだろう。私もそうだ。だが、私は曲りなりにも、もの書きである。神さんは、こんな私に一つの試練を与えているのだと思うようになった。できない子を持つ親の痛みがわかるようにと。

お笑い下され。そう思わなければ私の立つ瀬も浮かぶ瀬もなかったのである。

成績は芳《かんば》しくなかったが、息子達にはたくさんの友達がいた。その中には、いささか問題のある子もいた。次男が高校生の頃、頭を金髪に染め、鼻にピアスをした少年がわが家へ遊びに来た。普通の親なら仰天するだろう。私も最初は驚いた。だが私は、敢《あ》えてつき合うなとは言わなかった。

世の中には様々な人間がいる。つき合うことも、つき合わないことも息子達の気持ち次第だと思ったからだ。金髪・鼻ピアスの子は見かけによらず、いい子であった。私は次男の人を見る眼に感心したものだ。また、二人の息子は兄弟仲がよく、取っ組み合いの喧嘩《けんか》などは見たことがない。これは親として本当に幸せなことである。

親の欲目で、息子達は太郎左衛門ほど意気地なしではないと思う。テレビのCMで見掛けた気の弱そうな少年が最初のイメージだった。しかし、物語が進むにつれ、なぜか太郎左衛門の表情が長男のそれと重なるようになっていった。長男はすこぶるつきの不器用だが、真面目《まじめ》が取り柄《え》である。小学校の時から始めた野球も大学まで続けた。辛抱強いのではなく、息子ができるスポーツはそれしかなかったのである。次男も兄に倣《なら》って野球部に所属した。そう、かつては私も高校球児の母だったのだ。甲子園の地区予選の時には、私や夫はもちろん、近所の鮨屋《すしや》の大将、その常連、夫の会社の社長、亡《な》き私の父などが応援に駆けつけた。

そこで息子がヒットの一本も打とうものなら、観客席はまさに狂喜乱舞の態《てい》だった。できの悪い息子の親にも、時にはこんなご褒美《ほうび》があるのだ。

私の息子達が優秀であったなら「無事、これ名馬」の小説も書くことはなかっただろう。物語の後半で太郎左衛門の父親の五郎太が洩《も》らす述懐は、私の本音が言わせたものでもある。

どの子も大人になれば社会の一員である。「は組」の吉蔵やお栄《えい》のように他人様《ひとさま》の子供にも暖かい眼を注《そそ》げる大人でありたいと、今は心底思っている。

そうしたことを踏《ふ》まえて、どうぞ本書をご笑読いただければ幸いである。

平成二十年、二月。春一番の吹き荒れる函館にて。

宇江佐真理

参考文献

『火と水の文化史——消防よもやま話——』白井和雄著（近代消防社）
『江戸の盛り場』海野弘著（青土社）

解　説

磯貝勝太郎

著者の本名は、伊藤香《かおる》。ペンネームが宇江佐真理《うえざまり》。宇江佐は、英語のWeather（天気）からとり、真理は、尊敬するキューリー夫人の「真理を追究しなさい」という言葉からとって、筆名にしている。

〃気まぐれ、お天気屋の女性が真理の追究をする〃という、ひとひねりしたユーモラスなペンネームだといえよう。お天気屋の女性とは、その時の気分や、思いつきで、天候と同じように変わりやすい女性のことをいうのだが、宇江佐真理の人柄の本質は、地道《じみち》で、飾《かざ》り気《け》がないことなので、その作品世界の中に、地道な生活をする登場人物が多いのは当然であろう。

函館《はこだて》に生まれ育った彼女の人となりは、勤続三十五年の旧国鉄職員で、まじめな父親を中心とする堅実な家庭ではぐくまれたとおもわれる。七、八歳のころに、『キューリー夫人』の伝記や、『ガリバー旅行記』を読み、感動した。高校一年生の夏休みに、「高一コース」の小説募集に応募を決意。二十枚の現代小説を書いたのが最初で、それ以来、「高校小説コンクール」の常連の投稿者となる。三年生の時、高校生を主人公にした小説で佳作入選した（選者は文芸評論家、本多秋五《しゅうご》）。その当時は、書くことじたいが好きで、プロになるつもりはなく、物語をつむぐ乙女であった。

函館の短期大学家政科を卒業後、十年近いＯＬ生活をつづけ、従弟《いとこ》の親友と結婚。男児二人にめぐまれ、忙しい日々を送り、経済的に逼迫《ひっぱく》し、それを打破するために、家の中で自分ができるのは小説を書くことしかない、と思いいたったので、「オール讀物《よみもの》新人賞」に現代小説を書いて応募してみる。二次予選を通過した。気をよくしたものの、応募者の総数は毎年、千人を越えるのを考えると、賞を期待するのは甘い考えにおもえた。だが、奮起するしかなかった。

毎年、応募するうち、現代小説のテーマを見つけるのがむずかしくなった。そのころ、藤沢周平の作品を読むことをすすめられた。時代小説の中にも、現代に通じるものがあるのを教えられ、時代小説への意欲がわいてきたので、書きはじめる。藤沢周平の小説は、時代ものに開眼させてくれたが、男女の色艶《いろつや》がほしいとおもって、皆川博子の作品を読み、影響を受けながら、八年のあいだ、ひたすら書きつづけ、一九九五年、『髪結《かみゆ》い伊三次《いさじ》捕物余話』の第一話にあたる「幻の声」で第七十五回オール讀物新人賞を受賞する。

八丁堀の同心、不破《ふわ》友之進の手先をつとめる一方で、廻《まわ》り髪結いの職業をもつ伊三次を主人公に、彼の思い女で、深川芸者のお文《ぶん》（文吉）との交情に色艶を出し、江戸の男女の息づかいから、現代を感じとってもらいたいというのが創作意図であった。三年前に知り合った二人は、ともに二十五歳。伊三次は彼女と所帯をもちたいのだが廻り髪結いの身では自分の生活だけで精いっぱいだ。そこで、少ない収入を補《おぎな》うために北町奉行所 定《じよう》廻り同心、不破友之進の下で、小者《こもの》（下っ引き）をつとめる。

髪結い床《どこ》（床屋《とこや》）を持たない廻り髪結いという職業が江戸時代にはやり、それを仕事にする一方で、同心の小者として使われる例が少なくなかった。廻り髪結いの仕事の特性を生かせば、方方《ほうぼう》を廻り、いろいろな情報を聞き込む役割を果たすことができる。捕物帳のつもりはなかったが、書きすすむうち、捕物帳の形式になり、読み切りの作品として完結させて、応募したところ、選考委員全員一致で、当選作に決まった。選考委員の白石一郎から選評で、連作として書くことも可能だといわれて、二作目の「暁の雲」の主人公をお文、三作目の「赤い闇《やみ》」は不破友之進を主人公に連作の形式で書いた。

このシリーズが、江戸を舞台にしたのは、大都会に対するあこがれからで、江戸切り絵図を見ながら書いた。住んでいる函館の荒っぽい浜言葉は江戸弁《べん》に通じるところがあるので、無理なく自由に使える。のちに、伊三次を中村橋之助《はしのすけ》、お文を涼風真世《すずかぜまよ》、不破友之進を村上弘明《ひろあき》が演じ、フジテレビ系列で、ドラマとして放映された。「髪結い伊三次捕物余話」シリーズは、こんにちにいたるまで、書き継がれており、作者の原点にあたる作品だといえよう。

それ以後、『泣きの銀次』『室の梅　おろく医者覚え帖《ちょう》』『銀の雨　堪忍旦那《かんにんだんな》為後勘《ためご》八郎』『紫紺のつばめ　髪結い伊三次捕物余話』『おちゃっぴい　江戸前浮世気質《かたぎ》』などの市《し》井《せい》人情ものを書き、二〇〇〇年には、江戸の深川でくりひろげられる一途な恋、せつない恋などを書いた短篇集『深川恋物語』で第二十一回吉川英治文学新人賞を受賞。この年には、庄屋の一人娘、お遊《ゆう》が数奇な運命をたどりながら、凛《りん》として生きるありようをとらえた異色作『雷桜《らいおう》』によって、従来の市井人情ものから、新作品への転換を試みた。

その翌年には、はじめて、地元の松前藩に素材を得て、蠣崎広伴《かきざきひろとも》（父親は家老で、絵師の蠣崎波響《はきょう》）が父と同様に、藩のために尽力するてんまつをつづる「蝦夷《えぞ》松前藩異聞」を収録する短篇集『余寒《よかん》の雪』で第七回中山義秀文学賞を受賞。さらに、蠣崎波響を描く『夷酋列像《いしゅうれつぞう》』、文化・文政の時代に、松前藩が蝦夷地から陸奥国《むつのくに》に移封《いほう》

(お国替え)された時期を背景に、移封にともなって、江戸で浪人となり、しがない裏店《うらだな》(長屋)暮しをする家臣たちの喜怒哀楽を書いた『憂《う》き世店　松前藩士物語』や、雖《せ》井《い》蛙流平法《ありゅうへいほう》の鼻祖《びそ》で、異色、反骨の剣豪、深尾角馬《ふかおかくま》を描く『深尾くれない』などで、新生面を打ち出した。

　連作短篇集『春風ぞ吹く　代書屋五郎太参る』も、主人公は武士だが、剣術の腕前はぱっとせず、サブタイトルで明らかなように、得意とする筆を活《い》かして代書屋(手紙の代筆業)の内職をしている貧乏御家人《びんぼうごけにん》、村椿五郎太《むらつばきごろうた》についての異色作。江戸時代の後期には、武士は剣術の道にうとくなり、才覚のある若者は学問の道を志すようになる。独身で二十五歳、微禄《びろく》の下級御家人、五郎太は、小普請組《こぶしんぐみ》(屋根、垣根《かきね》などがこわれたとき、それを修理する部署)の役職に就《つ》いている。

　だが、職禄(役職手当)なしで、家禄だけなので、生活は苦しい。心を寄せる町内の娘、紀乃《きの》と縁組みしたくても、彼女の父親から、小普請組勤《づと》めを理由にことわられる始末。そこで、両国広小路の水茶屋「ほおずき」で、文字を書けない庶民相手の代書屋をしている。実《み》入りがよくて、生活費のたすけになるからだ。内職の代書屋の仕事を世話してくれたのは同い年で、乳《ち》きょうだいの伝助(「ほおずき」の主人)。その家族や、「ほおずき」にかかわる市井の人びととの人情に接しながら、昌平坂《しょうへいざか》学問所に通い、学問吟味《ぎんみ》（昇進試験）に合格し、紀乃と結ばれたのち、幕府の表御祐筆《おもてごゆうひつ》、学問所教授を兼任するまでの五郎太の成長過程がとらえられている。

この連作短篇集『無事、これ名馬』には、五郎太の長男、村椿太郎左衛門が出てくる。行先は、大伝馬町《おおでんまちょう》二丁目にある鳶職《とびしょく》の吉蔵《きちぞう》の家である。吉蔵は町火消「は組」の頭取《かしらどり》をつとめている。一家には女房のお春、一人娘のお栄《えい》、その婿《むこ》で、纏持《まといも》ちをしている由五郎《ゆうごろう》、二人の間に生まれた幼女のおくみがいる。

ある日、のちに〝たろちゃん〟の愛称で親しまれるようになる、七歳にすぎない太郎左衛門が、

「お忙しいところ恐縮至極にございまする。拙者、松島町《まつしまちょう》の村椿太郎左衛門と申しまする。以後、お見知り置きを」

「頭《かしら》、拙者を男にして下さい。男の道をご教示願いたく参上した次第にございまする」

と、大人顔負けの挨拶《あいさつ》をして、吉蔵を面喰らわせるくだりから、悲喜こもごもの市井の人情物語がはじまる。母親の紀乃に臆病者《おくびょうもの》ときめつけられた太郎左衛門は、父親の五郎太から、町家に火事が起きたとき、いちはやく駆けつける町火消の役目を知ること、燃え盛る火の中に飛び込むには勇気がいるので、その心構えを教わるように、

と言われて、頭取、吉蔵の家に行ったのである。それ以後、火の手が上がり、ジャンと半鐘《はんしょう》が鳴れば、自分の命と意地をかけて、火事場を収《おさ》める火消たちの生きざまを通して、男の道を知り、大人への一歩を踏み出す。

吉蔵の娘・お栄は従兄《いとこ》の金次郎《かねじろう》と相惚《あいぼれ》の仲であったが、金次郎が水茶屋の女、おけいと理《わり》ない仲になり、子供をはらませたので、父親は二人の結婚をあきらめさせ、由五郎を婿にした。だが、それは自分を実の兄とも慕い、お栄に好意をもつ由五郎を、一緒にさせようとする金次郎の差し金であったらしい。お栄はいつまでも従兄に対する思いをふっきれずにいた。吉蔵の家をひんぱんに訪れた太郎左衛門は、年齢をかさねるにつれて、男女の恋のもつれを通して、男の道を知ったにちがいない。

太郎左衛門の訪れは頭取、吉蔵の楽しみとなり、男の道を指南するどころか、反対に吉蔵が教えられることも一つや二つではなかった。それは人としての優しさ、思いやりの心である。臆病、意気地なし、泣き虫の寂しがり屋とよばれる太郎左衛門だが、突飛な行動で人をおどろかせたり、あきれさせたりしたこともなく、平穏無事《へいおんぶじ》、地道に生きてきた。父親の五郎太は「倅《せがれ》を駄馬と悪口を言う御仁《ごじん》もおりまする。だが、拙者はそうは思いませぬ。無事、これ名馬のたとえもござる。倅は拙者にとってかけがえのない名馬でござる」という。

学問の芳《かんば》しくない太郎左衛門が五郎太と同様に、学問吟味に合格したかどうかについてはわからない。だが、父親が期待していたように、凡庸《ぼんよう》だが、真面目《まじめ》な太郎左衛門は、元服したのち、幕府御祐筆見習いとして御番入り《ごばんいり》(役職に就くこと)し、三十歳を過ぎて結婚する。貧乏御家人の五郎太は、武士の身分にとらわれることなく、庶民の暮らしに通じることができたのは代書屋の内職をしたおかげであり、お高くとまることなく、さまざまな人たちと交際し、封建時代にはめずらしい生きかたをつらぬいた。

父親は、臆病で、意気地なしといわれる長男の太郎左衛門を、江戸の男の道を歩む代表として人びとにもてはやされる町火消、それも頭取の吉蔵から、男としての意地、根性などをまなばせようとした。そして、大それた望みをせず、当たり前に妻をめとり、子供をもうけ、ぜいたくはせずとも平穏無事に暮らすのを願い、太郎左衛門に同様に生きることを望んでいた。息子は父親の期待にこたえてくれたのである。父子二人の生きかたは、作者がこんにち、地道に生きる姿勢そのものにほかならない。

この連作短篇集の「好きよ たろちゃん」、「すべった転んだ洟《はな》かんだ」、「つねりゃ紫　喰いつきゃ紅よ」、「ざまァ　かんかん」、「雀放生」、「無事、これ名馬」六篇のタイトルをあらためて読むと、日本語のリズム感の心地良さを楽しんでいるのがわかる。

言葉選びの宇江佐真理は、〝最初にタイトルありき〟で、心はずませながら、ユーモラスな物語を展開させる作家だとおもう。

（平成二十年三月、文芸評論家）

＊この作品は平成十七年九月新潮社より刊行された。

無事《ぶじ》、これ名馬《めいば》

新潮文庫　う－14－3

平成二十年五月一日発行
平成二十年五月三十日三刷

著者　宇《う》江《え》佐《ざ》真《ま》理《り》
発行者　佐藤隆信
発行所　株式会社新潮社
郵便番号　一六二―八七一一
東京都新宿区矢来町七一
電話　編集部(〇三)三二六六―五四四〇
　　　読者係(〇三)三二六六―五一一一
http://www.shinchosha.co.jp

価格はカバーに表示してあります。
乱丁・落丁本は、ご面倒ですが小社読者係宛ご送付ください。送料小社負担にてお取替えいたします。

印刷・大日本印刷株式会社　製本・加藤製本株式会社

ISBN978-4-10-119923-8 C0193